LA GUERRE — LES RÉCITS DES TÉMOINS

STANLEY WASHBURN

CORRESPONDANT DE GUERRE DU 𝕿𝖎𝖒𝖊𝖘 PRÈS LES ARMÉES RUSSES

SUR LE FRONT RUSSE

Traduit de l'anglais par PAUL RENEAUME

AVEC 25 PHOTOGRAPHIES HORS TEXTE DE GEORGE H. MEWES

LIBRAIRIE MILITAIRE BERGER-LEVRAULT

PARIS	NANCY
5-7, RUE DES BEAUX-ARTS	RUE DES GLACIS, 18

1916

SUR LE FRONT RUSSE

LA GUERRE — LES RÉCITS DES TÉMOINS

STANLEY WASHBURN

CORRESPONDANT DE GUERRE DU Times PRÈS LES ARMÉES RUSSES

SUR LE FRONT RUSSE

Octobre 1914 - Février 1915

Traduit de l'anglais par PAUL RENEAUME

AVEC 25 PHOTOGRAPHIES HORS TEXTE DE GEORGE H. MEWES

LIBRAIRIE MILITAIRE BERGER-LEVRAULT

PARIS	NANCY
5-7, RUE DES BEAUX-ARTS	RUE DES GLACIS, 18

1916

NOTE DES ÉDITEURS ANGLAIS [1]

Lorsque M. Washburn nous fit parvenir le manuscrit original des notes contenues dans ce volume, il nous déclara en même temps par lettre nous laisser le soin d'apprécier si ses notes devaient ou non paraître en librairie. Dans l'affirmative, il recommandait de leur faire subir une revision soigneuse, et, au besoin, radicale. Nous avons jugé que ces notes renfermaient la matière d'un livre sincère, et non sans valeur. Restait à user de la liberté de revision que nous laissait l'auteur.

Nous avons usé de cette latitude dans une large mesure. Si l'on considère pourtant le peu de temps qui nous fut laissé pour cette tâche, comme aussi notre ignorance relative et l'impossibilité de soumettre les épreuves à l'auteur, certaines imperfections techniques et littéraires, que M. Washburn aurait évidemment fait disparaître dans des circonstances normales, ont pu se glisser qui devront subsister pour le moment. Et si, en essayant de rétablir un passage du manuscrit difficile à déchiffrer et à bien saisir, il nous est arrivé de nous tromper, la faute doit nous en être exclusivement attribuée, et M. Washburn est dégagé de toute responsabilité sur ce point.

---

(1) Nous croyons devoir donner ci-dessus le texte de la note qui figure en tête de l'édition anglaise, et qui fait connaître les conditions un peu spéciales dans lesquelles cet ouvrage a été publié en l'absence de l'auteur, retenu en Russie.

PRÉFACE

Personne ne se rend mieux compte que l'auteur du caractère éphémère des simples notes ici résumées. Aussi ce ne fut pas sans quelque hésitation qu'il se décida à les faire paraître en librairie. Elles ont été déjà, pour une bonne partie, publiées dans le *Times* de Londres, et dans certains des plus grands journaux d'Amérique. Elles reparaissent ici du consentement des propriétaires et éditeurs de ces journaux, et l'auteur tient à en remercier ceux-ci.

La réimpression de ces articles trouve son excuse dans l'actualité de leur sujet. L'auteur sait parfaitement l'impossibilité d'écrire un livre définitif sur des opérations aussi récentes, et dont il n'a pu bien voir qu'une partie insignifiante. Il croit néanmoins qu'en Pologne russe se décidera l'issue finale du grand conflit qui bouleverse à l'heure actuelle le monde civilisé, et la Russie, les armées russes sont assurément le moins connu des facteurs en jeu. Ces notes de campagne n'ont peut-être pas grande importance. L'auteur s'est permis cependant de les rassembler dans ce volume, dans la pensée que des impressions de première main sur l'armée russe et ses opérations — dont on sait si peu — peuvent intéresser et même encourager les Alliés et ceux des neutres qui leur sont favorables.

Pour être juste envers l'auteur, le lecteur n'oubliera pas la façon hâtive dont furent rédigées ces notes, la plupart pendant le séjour de l'écrivain à l'armée russe, d'octobre 1914 à février 1915. Beaucoup furent écrites en chemin de fer, et d'autres la nuit, dans un hôtel, entre deux expéditions. Elles ont été réunies tant bien que mal, sous cette forme trop décousue, pendant un repos de quelques jours à Petrograd. L'intérêt d'une publication immédiate m'a fait abandonner mon intention première de les réserver pour un ouvrage plus complet et plus mûri. Peut-être, en effet, pourront-elles, sous leur forme actuelle, paraître assez vite pour le but cherché : donner aux lecteurs d'Angleterre et d'Amérique les impressions d'un témoin sur les armées russes, à un moment où toute bonne nouvelle de Russie doit être plus utile qu'un ouvrage revu à loisir, ne paraissant qu'une fois la crise finie et la tourmente apaisée.

Les illustrations ont été exécutées d'après les excellentes photographies de George H. Mewes, du *Daily Mirror* de Londres, seul photographe anglais officiellement attaché à l'armée russe, et compagnon de l'auteur dans ses pérégrinations.

S. W.

Varsovie, 1er février 1915.

Infanterie russe en marche.

SUR

LE FRONT RUSSE

CHAPITRE I

LA NOUVELLE RUSSIE

Petrograd, 10 septembre 1914.

L'heure où Guillaume II, empereur d'Allemagne, signa la déclaration de guerre à la Russie, fut, par tout ce vaste Empire, l'une de celles que l'historien futur notera comme l'un des moments les plus décisifs de l'Histoire. Elle ne fera pas date seulement dans ce mois d'août et dans cette année 1914, mais elle marquera aussi dans ce grand-livre, où, sur de vastes pages blanches, les siècles enregistrent l'élévation et la chute des races, la grandeur et la décadence des civilisations. De cette heure commença vraiment pour la Russie une ère nouvelle, et dans les dix années sombres de bouleversement et d'incertitude qui suivirent la guerre russojaponaise, l'historien peut dès maintenant découvrir l'aurore d'une clarté éclatante, où le monde verra se révéler une Russie nouvelle, un pays bien vivant, prêt à prendre sa place parmi les premières nations de l'univers.

La philosophie teutonne s'est profondément méprise sur la psychologie du peuple russe. Les Allemands croyaient tout au moins, suivant toutes les apparences, se concilier immédiatement les sympathies mondiales, en agitant le spectre bien connu du « péril slave ». Mais l'événement a prouvé la futilité de leur raisonnement. Leur cri est tombé dans l'oreille d'un sourd, et le monde se rend maintenant compte que la menace slave n'est qu'un épouvantail qui s'évanouit peu à peu. L'historien futur de cette guerre constatera la coïncidence précise de l'heure choisie par le Kaiser pour l'abaissement de la Russie, avec la minute où celle-ci faisait son entrée parmi les nations modernes.

Dix ans auparavant, les malheurs et la honte de la désastreuse guerre japonaise pesaient comme un nuage noir sur tout l'Empire russe. J'eus cinq fois l'occasion de me rendre en Russie pendant cette période de calamité nationale, et je puis en parler en connaissance de cause. A Pétersbourg s'étalait sous toutes ses formes le désordre civique et économique. Dans les provinces, c'étaient partout des émeutes et la confusion la plus complète.

La presse universelle annonçait en lettres énormes la dissolution prochaine de l'Empire et l'écroulement de la Russie ; et, en vérité, tous les présages d'un désastre imminent se faisaient jour dans les sombres récits des témoins. Dans tout le pays régnaient l'agitation et l'émeute. Le chaos et l'anarchie semblaient à l'ordre du jour, et l'avenir était gros de menaces. Mais, si nous jetons aujourd'hui un regard en arrière, nous distinguons un grand bien sorti de cette terrible période. Cette crise si aiguë et si désastreuse a préparé la voie à cette Russie nouvelle et meilleure, dont la grandeur s'accroît aux yeux du monde, chaque jour davantage. Les ténèbres ont enfanté la lumière ; un esprit nouveau a surgi du travail et de l'agonie, et une unité telle que les siècles de l'histoire russe n'en avaient jamais connu.

Ces lignes sembleront, j'en suis sûr, fort exagérées au lecteur anglais ou américain, auquel la Russie n'apparaît que comme une mystérieuse et traditionnelle menace. Ce changement n'en est pas moins un fait certain et accompli, et quiconque a connu la Russie d'il y a dix ans et voit celle d'aujourd'hui, n'en peut un moment douter. Le meilleur moyen de bien montrer l'esprit nouveau de la guerre actuelle et celui qui régnait pendant et après la guerre russo-japonaise, est peut-être de rappeler deux scènes, où se peint, à dix ans de distance, le cœur du peuple russe.

En janvier 1905, après la chute de Port-Arthur et l'écroulement du plan russe, la rébellion et l'hostilité contre le Gouvernement étaient partout manifestes. Dans la journée historique du 22 janvier 1905, une armée de paysans, porteurs d'une pétition monstre, descendait la perspective Newsky, se dirigeant vers le Palais d'Hiver, pour y présenter ses griefs au monarque en personne. Reçus par des mitrailleuses et des Cosaques, le sang coula à flots dans les rues. Pendant des semaines régna la loi martiale; nuit et jour, les patrouilles de Cosaques parcouraient les rues silencieuses, alors blanches de neige, de la capitale. La vie du Tsar fut menacée, le grand-duc Serge assassiné. La menace de tous les crimes s'étalait partout, trop souvent suivie d'action. L'unité russe n'était qu'un rêve.

Depuis ces jours terribles, un nouveau levain a fermenté par tout l'Empire ; lentement, subtilement, invisibles, les grandes forces du progrès, de la lumière nouvelle, ont fait leur œuvre. Jusqu'à la déclaration de guerre de l'Allemagne, ni les Allemands ni peut-être les Russes ne s'en étaient pleinement rendu compte. Mais, dans la nuit qui suivit, cristallisa, pour ainsi dire, un esprit d'unité nationale tel que peu de pays n'en ont jamais vu. Et nous eûmes alors, presque à la place même de l'émeute du 22 janvier 1905, un tableau tout différent.

Devant le Palais d'Hiver, le grand logis rouge des Tsars, s'étend un hémicycle immense, l'une des plus vastes places de l'Europe. Plus de 100.000 hommes, de toutes les classes, de tous les rangs, sont là debout, sous le soleil brûlant, devant le palais où se trouve le monarque. Ils attendent des heures, dans un ordre parfait : aucune agitation, mais cette patience qui caractérise leur race. Le Tsar, ému de la grandeur de cette démonstration, paraît enfin sur le balcon qui surplombe la place. A l'instant, la multitude entière tombe à genoux, et, d'un mouvement instinctif, entonne le solennel hymne national. Pour la première fois peut-être depuis l'invasion napoléonienne, le peuple russe et son Tsar ne faisaient vraiment qu'un, et la force de l'unité courait par tout l'Empire, des rivages lointains de l'Océan Pacifique jusqu'à la frontière d'Allemagne.

Le témoin de cette scène aurait pu se dire : « Oui, c'est toujours ainsi en guerre ; mais cela passera. » Mais le fait important et significatif est précisément que cette unité, loin de s'évanouir, n'a pas cessé de se fortifier depuis ce jour. Et son affermissement, loin d'être de surface, a été au contraire vraiment réel et profond. Des millions et des millions d'humbles confesseurs inconnus de cette nouvelle foi ont apporté en témoignage leur petite obole ou leur vie, sur son autel.

Le sentiment de tous a changé à Petrograd, d'une façon difficile à croire. Le soir de mon arrivée, j'allai dîner à mon restaurant favori, que j'avais souvent fréquenté lors de mes précédents voyages. La grande salle était close ; les musiciens habituels, au brillant uniforme, avaient disparu. Les vestibules, les corridors, remplis dix ans plus tôt de gais officiers russes, étaient déserts. Je trouvai à la fin le gérant et lui exprimai ma surprise. « Venez, me dit-il, voir ce que le mot guerre signifie pour nous. » Il me conduisit alors, par un corridor détourné, dans la salle revêtue de glaces, où la lumière et la gaieté régnaient du soir jusqu'à l'aube. Je reconnus à peine, à la pâle lumière de quelques rares lampes électriques, l'ancienne salle des fêtes. Tout était sale et poussiéreux, les tentures étaient enlevées, les glaces recouvertes.

« Qu'y a-t-il ? » questionnai-je avec curiosité. Mon interlocuteur sourit et leva vers le ciel des mains éplorées : « C'est la guerre et la suite de la mobilisation. Le lendemain de la déclaration de guerre, un agent de police arrive à 8 heures du matin et nous prévient qu'à 8^{h}3o le Gouvernement prend nos salles pour les mobilisés. Ils sont venus ici, pendant longtemps, chercher armes et uniformes. Maintenant, c'est fini. Ils sont tous partis sur le front, — 900 de cette salle. »

— Mais votre commerce, repris-je alors ? Il a été ruiné. Assurément l'État vous indemnisera.

Il se retourna brusquement :

— M'indemniser ! Et pourquoi ? C'est notre guerre, et chacun doit y contribuer selon ses moyens. Nous le faisons tous et avec plaisir...

Il en était de même, m'assura-t-il, dans quatre-vingt-quinze autres restaurants et établissements publics de Petrograd, et les propriétaires en étaient enchantés.

« Et les réservistes eux-mêmes ? » C'est la question qui vous monte aux lèvres, quand on se rappelle cette autre mobilisation d'il y a dix ans, où les paysans s'embarquaient dans les trains pour la Mandchourie, presque sous la pointe des baïonnettes. Aujourd'hui, c'est tout différent. Par toute la Russie, ils ont répondu à l'appel, pleins d'entrain, sans murmure ni regret. Les femmes, de la princesse à la paysanne, ont envoyé leurs époux rejoindre les drapeaux, non sans larmes, parfois bien cruelles, mais avec une abnégation, présage infaillible de grandeur nationale pour les années futures.

Le tintement de cette heure historique a marqué encore d'autres changements profonds. Des leçons du passé est sortie l'expérience. Ce fut légèrement, gaiement même, que les officiers entreprirent la guerre de Mandchourie. Quelle différence en 1914 ! Le lendemain de la déclaration de guerre, un décret du Tsar ordonnait la fermeture de tous les débits de vodka de l'Empire pendant la mobilisation, et, depuis lors, cette prohibition a été prorogée jusqu'à la fin des hostilités.

Dans un climat aussi froid, où l'habitude du vodka et autres boissons fortes est presque générale, la portée de cet acte est immense. De la Sibérie à la mer Baltique, pas un cabaret n'est ouvert. Bien plus, l'ordre est exécuté à la lettre ; plus encore, la population tout entière l'accepte avec patience et sans récrimination. Il en résulte que l'armée et le peuple envisagent avec sérieux et calme la tâche qui leur incombe. Les jours d'émeute et de désordre, au front et dans la capitale, sont désormais choses du passé. Chacun accepte les responsabilités de la grande lutte qui s'engage, avec un sérieux que peut à peine croire celui qui a connu la Russie et les Russes de naguère.

Ici, à Petrograd, que nous avions toujours connue la plus gaie des capitales, tout respire le calme et la gravité. Les restaurants et les cafés, qui commençaient jadis de s'emplir à minuit et ne se vidaient qu'à l'aube, ferment à 11 heures. En présence de cette guerre, la plus décisive de l'histoire russe, il ne reste plus place, dans la capitale, pour les plaisirs fashionables de la paix. Les vêtements habillés du soir ont presque disparu, même dans les hôtels. Comme quelqu'un me le disait, personne ne songe plus à la toilette ni à l'effet ; la Russie prend sa tâche trop au sérieux. Les uniformes splendides et variés ont fait place aux simples tuniques kaki, et le général se distingue à peine du plus jeune sous-lieutenant.

Impossible, à Londres, de se douter de la coexistence d'une grande guerre ; mais ici, l'on en voit partout la trace. Sur toutes les places, ou presque, des réservistes passent, repassent et s'exercent. Beaucoup d'entre eux n'ont même pas encore d'uniformes complets ; dans certaines compagnies, tous ont leurs vêtements civils avec un simple ceinturon et un képi. De longues files de voitures, chargées de munitions et conduites par des soldats, descendent la perspective Newsky, il y a un mois l'une des plus brillantes avenues du monde entier. Je voyais hier un long train d'artillerie de siège traverser la grande place qui précède le Palais d'Hiver. Les canons énormes, sous leur robe fraîche de gris sombre, semblaient horriblement méchants, comme ils s'en allaient lentement de l'arsenal à la gare, première étape vers le front.

Quel contraste frappant ! Ces cyniques engins de destruction qui, dans une quinzaine, lanceraient leurs foudres contre des murs humains, paraissaient étrangement déplacés, en passant silencieux sous les grilles dorées de l'édifice gigantesque, au faîte duquel flotte l'aigle impériale. Aujourd'hui encore, les rues sont pleines de soldats en tenue de campagne, le visage calme, les yeux énergiques. La mobilisation est pourtant, me dit-on, presque terminée, et les troupes que nous voyons ne sont rien à côté de celles qui inondaient la ville il y a un mois. En vérité, si le Kaiser passait seulement un jour à Petrograd ou dans l'une des métropoles de la Russie, il frémirait devant le torrent déchaîné et tremblerait en songeant à l'issue du conflit, en face de cet empire de 170 millions d'âmes, ferme, ardent et résolu, concentrant son âme entière, toute son intelligence et toutes ses pensées vers la lutte qui commence à peine. Un court séjour ici suffit pour se convaincre que la Russie est décidée à triompher, dût-elle y consacrer dix ans. L'Allemagne a déchaîné la tempête, et l'on hésite à réfléchir au sort qu'elle devra subir, lorsque les armes auront décidé.

Que cette guerre soit la guerre du peuple russe, et non seulement celle d'une faction ou d'un parti, la chose est évidente pour le témoin qui prend la peine de questionner ceux qu'il rencontre, du boyard au cocher de fiacre. J'ai vu beaucoup de personnes diverses au cours de la dernière semaine, et je n'ai pas entendu un mot de protestation ni de désaccord.

Tout le monde accepte la guerre, ses sacrifices et ses pertes cruelles, avec une résignation unanime. On ne sait pas ici, de façon précise, le prix que l'armée paie au front, mais on en connaît pourtant la grandeur. Chaque jour, dans l'immense vestibule des bureaux du grand État-major, on affiche la liste des pertes devant la foule anxieuse du sort de ceux qui lui sont chers.

J'ai vu, dans de précédentes campagnes, bien des morts et bien des blessés; j'ai contemplé, des semaines, à Port-Arthur, la procession journalière et funèbre des porteurs de civières. J'ai passé près d'un mois en Mandchourie, dans un hôpital, en présence du dessous lugubre de la guerre; j'ai admiré les infortunés mutilés et la patience avec laquelle ils acceptaient leur malheureux sort. Mais tout cela était bien moins tragique et moins émouvant que le spectacle aperçu tous les jours, par toute la Russie, là où s'affiche la liste des morts. D'innombrables femmes s'y rassemblent pour parcourir ces listes, et tous ces visages qui se succèdent font une scène vraiment déchirante. Des paysannes, la tête couverte d'un châle, y coudoient, y entourent leurs sœurs plus fortunées, venues dans leur voiture. Comme elles entrent dans l'édifice, on lit, dans tous ces yeux hagards, la poignante question, et celles qui sortent laissent voir la réponse. Elles tournent de leurs mains tremblantes les pesants feuillets des listes officielles. Celles qui n'y lisent point le nom cher d'un époux, d'un fils ou d'un fiancé, disparaissent avec un soupir de soulagement. Mais il ne s'écoule pas de minute que quelque pauvre âme ne reçoive le coup mortel, qui prive le vieillard de son enfant, ou plonge pour toujours un foyer dans la solitude.

Je ne m'arrêtai qu'un instant dans cette salle lugubre. Les brillants aides de camp mêmes ne la traversent qu'à pas respectueux et étouffés, comme l'on fait dans une chambre mortuaire. Mais, de ce bref passage, deux visages se sont

tracés dans ma mémoire : le premier était celui d'une
paysanne ; son châle tombé sur les épaules, les traits d'une
pâleur mortelle, elle chancelait, adossée au mur, les yeux
fixes et sans regard. Pas un cri, pas un pleur ne trahissait
le coup qui venait de lui transpercer l'âme. Mais on lisait
sur son visage, en lettres apparentes à tous, la tragédie
d'une vie désormais bien lourde, et dont personne ne parta-
gerait plus le fardeau de pauvreté. Comme une somnambule,
elle allait lentement par la pièce, les yeux clos à la sympathie respectueuse qui lui ouvrait un passage vers la sortie.
Elle disparut et s'éloigna pour la vie solitaire qui serait
désormais la sienne.

Et voici maintenant le second tableau :

Dans l'antichambre, une petite table où est assis d'ordinaire un ordonnance. En ce moment, il est debout, plein
de respect, près de sa chaise qu'occupe une jeune femme.
Sa robe de coupe élégante, ses riches fourrures indiquent
sa condition. Elle aussi vient de faire son sacrifice humain
sur l'autel de la patrie. Trop fière pour montrer sa douleur,
elle a lu, presque impassible, son destin dans la liste
funèbre, et n'a gagné la sortie que pour s'affaisser sur ce
siège. Je ne la vis qu'un instant et m'éloignai aussitôt,
mais le tableau reste inoubliable. Elle était là, la tête
appuyée sur le buvard, les mains crispées sur son front
d'enfant. Des sanglots profonds et convulsifs la secouaient
tout entière. Soudain, dans un de ces sursauts, la fourrure
de prix de ses épaules délicates glisse sur le parquet ; le
grand et rude soldat la ramasse et la replace doucement sur
son cou. Elle se redresse d'un effort, remercie d'un mot le
soldat compatissant, et puis se perd dans la foule. Qui
pleure-t-elle ? Un époux ou un fiancé, parti quelques jours
plus tôt dans la beauté et dans la fleur de sa virilité, et qui
dort maintenant pour jamais dans une tombe lointaine avec
des centaines de ses frères russes.

Parmi toutes ces douleurs, on n'entend pourtant point de

plaintes ni d'inutiles regrets. C'est « leur guerre », et si lourd que soit son coût, si inégalés ses sacrifices, ils se soumettront sans mot dire : état d'âme où l'on discerne, pour la Russie, les signes d'un avenir nouveau. Car rien n'est plus véridique : la grandeur future d'un peuple est en raison directe de la résolution avec laquelle ses membres, du plus humble paysan au plus grand seigneur, sont décidés, pour l'idéal national, au suprême sacrifice. Et lorsqu'une nation s'unit dans un idéal aussi pur, son triomphe est assuré.

On ne voit, on ne sent aujourd'hui que le tragique de l'heure présente, chaos dramatique de sang et de misère humaine. Mais la conviction se fait que, plus tard, une Russie nouvelle et plus grande va surgir de ces malheurs, une nation unie par la tempête et par la souffrance, un pays jeune dont l'esprit de progrès anéantira pour toujours le préjugé du péril slave.

CHAPITRE II

UN JOUR AVEC LE GRAND ÉTAT-MAJOR

———

Quartier général russe, 11 octobre 1914.

La guerre moderne n'a rien de romanesque. Elle ne connaît plus ces détails pittoresques, naguère si chéris du journaliste, et qui lui fournissaient de si belle copie. Le public se représente le quartier général d'une grande armée en train de livrer des combats décisifs, comme un lieu plein de vie, d'excitation même, sillonné sans cesse par le galop des aides de camp. On se figure le général en chef, les traits tirés par la fatigue, courbé sur une table couverte de cartes, tandis que des officiers, l'uniforme maculé de boue, leurs chevaux piaffant à la porte, attendent constamment les ordres du chef, au grondement du canon et au pétillement de la fusillade. Mais tout cela n'est plus que du passé. La guerre est devenue une colossale industrie, et le génie qui la dirige n'a pas plus à aller sur la ligne de feu, que le président d'une compagnie de chemin de fer à endosser une cotte bleue et à grimper sur une machine.

Ici, en Russie, sous le commandement suprême d'un seul homme, est réunie la plus grande armée qu'ait jamais vue l'arène de la guerre. La fameuse armée de Xerxès, venue de Perse pour conquérir la Grèce, n'était, à côté, qu'une simple patrouille. Tout le mécanisme puissant et complexe de cette organisation gigantesque a pourtant son centre en un lieu solitaire des plaines de la Russie Occidentale. C'est une contrée charmante, et, sauf la dissemblance d'architecture et la différence de la population, l'on pourrait aisément se croire dans l'ouest du Canada. De nombreuses voies, reliées à la grande ligne, ont été établies dans un bois isolé de peupliers et de sapins; c'est là, dans des wagons, que vivent, tranquilles et paisibles, les quelque cent personnes qui forment le grand État-major. Des automobiles haletantes filant de-ci de-là, et la présence de deux cents Cosaques, tels sont les seuls changements que l'on puisse remarquer dans l'existence ordinaire du village, siège de la plus proche station régulière du chemin de fer.

Plus loin, à des centaines de milles de cette scène de calme, s'étend la chaîne énorme du front russe, reliée de tous ses points, par le télégraphe, à ces quelques wagons. Mais c'est ici qu'à l'écart du tumulte, hors de la confusion du combat, les cerveaux de l'armée embrassent d'un seul coup la perspective entière des opérations, perspective qu'une résidence plus rapprochée du front pourrait fausser du tout au tout.

Notre petit groupe (je parle des correspondants de guerre autorisés à joindre l'armée) a été conduit tout d'abord à ce quartier général, assurément peu banal. Le chef d'État-major nous a reçus en personne dans son wagon-salon, et il a tenu, pendant une demi-heure, à nous bien spécifier ce qu'on attendait des journalistes et ce qui leur était interdit. Son point de vue est d'ailleurs des plus simples. Il ne se dissimule point la valeur de la publicité et de l'approbation de l'opinion, et n'entend nullement la diminuer. Ce sont pourtant des avantages d'une portée un peu lointaine. Par contre, le danger de la presse n'est que trop réel et ses inconvénients sont immédiats. La Russie est aux prises avec le plus grave problème de son histoire. Un mot imprudent, la révélation même involontaire d'une situation critique, la seule indication de faits qui la laisseraient supposer, peu-

vent engendrer presque aussitôt les plus désastreuses consé-
quences. Dans la guerre moderne, où le télégraphe, avec
ou sans fil, joue un rôle si important, il suffit de quelques
heures pour que la dépêche expédiée par un reporter à son
journal puisse être aux mains de l'ennemi, le guider, l'aider
peut-être, bien que rien n'eût été plus loin de la pensée du
rédacteur lorsqu'il a écrit son message. Quand l'enjeu est
si important et qu'il s'agit de millions d'existences, le
champ du correspondant de guerre est bien limité. La
guerre actuelle sera très probablement la dernière où l'on
admettra dans la zone des opérations un groupe de journalistes, fussent-ils même aussi inoffensifs que mes compagnons
et moi.

Le chef d'État-major (je ne puis donner son nom, bien
connu pourtant à Petrograd et aussi en Angleterre) nous
précisa donc ce que nous pouvions faire, et pourquoi pas
davantage. Pour le moment, du moins, nous n'allions courir aucun risque du plus fin tireur allemand. Les raisons
du chef, un peu désappointantes, n'en étaient pas moins
péremptoires et d'une logique absolue.

Le « gentleman » qui nous adressa ce petit speech me
parut, au point de vue intellectuel, l'un des militaires les
plus capables que j'aie jamais rencontrés. Précis, sagace,
concis et réfléchi, il apparaît le parfait modèle du straté-
giste et de l'organisateur. Quelle fut sa part dans le plan
de campagne, je l'ignore, bien entendu. Mais l'opinion
générale, en Russie, le regarde comme le chef du travail
de stratégie et de réorganisation de ces dernières années.
En tout cas, si un homme vous donne l'impression d'être
à la hauteur d'une tâche aussi lourde, c'est assurément le
chef du grand État-major de l'armée russe.

Vint ensuite notre présentation au grand-duc, commandant suprême, après le Tsar, de toutes les forces de la
Russie. C'est un géant d'au moins six pieds six pouces, qui
frappe au plus haut point par sa simplicité et son absence

complète d'affectation. Il s'entretint un instant avec nous, nous confirmant les dires de son lieutenant, avec une modestie et une réserve extrêmes. Son uniforme et ses allures étaient aussi simples que ceux du plus humble de ses aides de camp ; son expression, celle d'un homme sérieux et posé qui donne toute sa pensée et tout son effort à une tâche dont il réalise pleinement l'importance. C'est, en effet, le général en chef d'une armée dix fois supérieure à la Grande Armée de Napoléon, lorsqu'elle passa le Niémen, il y a un peu plus d'un siècle.

Après nos entretiens avec ces deux grands personnages, on nous conduisit dans la salle à manger de l'État-major. C'était l'un des wagons-restaurants d'un train de luxe, et l'on nous y offrit d'abord un lunch, et plus tard le dîner. Le wagon faisait partie précédemment du Nord-Express, le train qui nous conduit d'habitude de Berlin à Petrograd. Toutes les photographies de tourisme en ont été exclues, et les parois disparaissent sous les cartes de la guerre et les ordres généraux de l'État-major. Quant aux tables, où le hasard d'un jour amenait autrefois les voyageurs, les officiers de toutes armes y prennent régulièrement leurs trois repas hâtifs, talonnés par le labeur qui absorbe chaque heure de leur veille.

Le trait qui me paraît être la caractéristique de ce campement, c'est la simplicité de vie de tous. On se représente souvent le quartier général comme voué par excellence au faste, à la parade et à l'étalage, mais c'est ici tout le contraire. J'ai déjà signalé la simplicité d'uniforme des officiers supérieurs. Il y a ici trois grands-ducs, et tous, à l'exception du généralissime, mènent absolument la vie du reste de l'État-major, prennent leurs repas au wagon-restaurant et coudoient lieutenants ou généraux, sans demander ni recevoir aucune marque particulière de respect.

La Russie a beau être une autocratie, il y a chez elle

plus d'égalité sociale et civique qu'en aucune autre contrée, et ce sont les plus grands personnages qui se comportent le plus démocratiquement. A la condition de ne pas se mêler de politique, on est absolument libre de ses actes et à l'abri de toute immixtion. La noblesse est beaucoup moins hautaine que ne le sont les millionnaires américains, et l'on est reçu, tout au moins ici, avec bien moins de luxe ostentatoire et de marques apparentes de respect que n'en exigent de leurs inférieurs les « nouveaux riches » d'Angleterre ou des États-Unis. Les repas sont très simples, et la prohibition des boissons alcooliques s'applique aux officiers de l'État-major avec la même rigueur qu'au paysan ou au cocher de Petrograd. Le vodka, le champagne, toutes ces liqueurs si chères au gentleman russe, ont entièrement disparu. Le grand-duc lui-même ne permet sur sa propre table rien de plus fort que du bordeaux ou du vin blanc. Lorsque les hommes qui occupent le sommet de la hiérarchie se refusent la distraction de l'alcool, il en est évidemment de même de tous les soldats. Le fait est, je crois, certain : jamais armée en campagne n'eut le cerveau plus clair et ne fut plus sobre, que celle qui fait face actuellement aux hordes germaniques.

CHAPITRE III

CE QUE FONT LES RUSSES
DANS LEURS HOPITAUX

Rovno (Russie), 12 octobre 1914.

La façon magnifique dont les Russes ont résolu le problème des hôpitaux n'est pas le côté le moins intéressant de la guerre. Jamais, probablement, plus grand ni plus soudain effort ne fut imposé au service hospitalier d'une armée. Les Russes, en effet, au début des opérations contre l'Autriche, n'eurent pas seulement à s'occuper de leurs propres blessés, mais encore des blessés autrichiens, presque aussi nombreux que les leurs, et qui tombaient entre leurs mains par milliers et par milliers. Rovno est l'une des principales bases hospitalières, et l'on peut y voir, depuis des semaines, les innombrables blessés, prix de la victoire comme de la défaite. On a aménagé en hôpitaux huit vastes casernes, et un grand établissement qu'occupe la Croix-Rouge russe. L'organisation du service sanitaire, en temps de paix, est toujours un indice intéressant de l'organisation générale d'une armée, et cette branche spéciale est souvent bien moins prête pour ses importantes fonctions que ne le sont les services de campagne.

Ce qui me frappe le plus, c'est l'évidente démocratie de l'aménagement. Sans les avis de notre guide, il nous eût été impossible de savoir si nous étions dans les salles des

Soldats blessés.

officiers, ou dans celles des simples soldats. Ils ont les mêmes lits, les mêmes couvertures, et les sœurs de charité qui les soignent semblent les traiter sans aucune différence.

Nous avons visité tous les grands hôpitaux de la ville. Ils sont aussi bien montés, quoiqu'avec moins de luxe, qu'un hôpital de grande ville : salles d'opération, de pharmacie, appareils de rayons X, en un mot tout l'outillage de la science moderne, et cela dans tous. Que ces hôpitaux fassent du bon travail, rien ne l'indique mieux que le faible pourcentage des blessés décédés, une fois l'hôpital atteint. Dans l'un d'eux, le médecin principal m'indiqua 2.600 entrées et seulement 42 morts. Un autre, moins important, avait eu 18 morts sur 300 malades reçus du front. Ces chiffres montrent bien que la balle du fusil moderne, si elle n'est pas immédiatement mortelle, ne fait que des blessures qui guérissent presque toujours.

En parcourant ces salles si longues, toutes remplies de blessés, on est vraiment impressionné par ce que l'organisme humain peut supporter, pour se rétablir ensuite, la science médicale aidant. Le corps de l'homme est d'une telle délicatesse que la guérison semble parfois presque incroyable. Nous avons vu un soldat qui avait eu la tête traversée par une balle. La blessure était bien nette. Aussi, deux semaines plus tard était-il quasi guéri : il allait, sans se faire prier, par la salle, et son sourire joyeux nous le prouvait redevenu un homme « parfaitement bien ». D'autres avaient eu l'estomac, la vessie ou les poumons, tous organes considérés, il y a vingt ans, comme d'une importance vitale, perforés d'un coup de feu ; ils se rétablissaient pourtant aussi aisément que si recevoir une balle n'était pour l'homme qu'une part de son labeur journalier.

Les blessés hospitalisés à Rovno comptent de nombreux ennemis, Autrichiens ou Allemands, tombés aux mains des Russes. Ils semblaient tous parfaitement joyeux et satisfaits de leur traitement. Un jeune Allemand, qui me dit être

natif de Pilsen, et avoir appartenu au 25ᵉ régiment de ligne,
me vanta avec enthousiasme la bonté des Russes. Son
régiment s'était trouvé en dangereuse posture et, ses munitions épuisées, avait dû se retirer devant les assauts des
Russes. Une balle lui traversa la vessie : mais, relevé quelques minutes après par les premiers infirmiers russes, il
reçut des soins immédiats et se trouve maintenant sur le
grand chemin de la guérison. Il semblait profondément
heureux de se sentir sain et sauf loin de la ligne de feu, et
sa seule anxiété était de faire connaître son sort à sa famille.
De même un de ses voisins, celui-là Autrichien.

Dans cet hôpital se trouvait un major autrichien, fait
prisonnier par les Russes dans l'un des combats autour de
Lemberg. On l'installa de suite à l'hôpital, avec le même
rang et le même salaire que ses collègues russes.

Je n'ai entendu aucun blessé se plaindre de cruautés
quelconques ni de mauvais traitements sur le champ de
bataille. Quant à la façon dont ils sont traités, une fois à
l'hôpital, leur visage, leur aspect général et la bonne nourriture qu'on leur donne dispensent de toute enquête. Les
trains sanitaires ont amené, dans cette ville de Rovno, des
milliers de blessés. Mais déjà, un mois à peine après
l'arrivée du premier flot, les hôpitaux se vident. Beaucoup
de ces blessés sont entièrement remis ; d'autres ont repris
assez de forces pour retourner chez eux ; les plus nombreux
enfin ont été envoyés dans l'intérieur de la Russie et
dispersés un peu partout pour achever leur convalescence.

Après le coup de fouet des premières semaines, les formations sanitaires ont profité de l'expérience et ne laissent
rien à désirer. L'heure de la grande bataille venue, les
blessés seront encore mieux soignés et avec un succès plus
grand que ceux du début.

L'hôpital de la Croix-Rouge de Rovno est dirigé par
l'une des sœurs du Tsar. Elle vaque chaque jour, en personne, aux soins des blessés, officiers ou simples soldats.

Ici d'ailleurs, comme au grand quartier général, aucun apparat et une égalité quasi parfaite. La grande-duchesse est vêtue exactement comme la plus humble des sœurs sous ses ordres, et sa tâche est identique à la leur. Pas un soldat sur dix ne sait que la garde empressée qui le soigne tous les jours n'est autre que la sœur du Tsar. C'est cette simplicité, cette absence de toute morgue chez les plus haut placés, qui constituent pour l'étranger le trait le plus frappant.

Un fait significatif est aussi la rareté relative des amputations pratiquées, et le petit nombre, également relatif, des malheureux estropiés. Comme nous l'avons déjà signalé, les balles modernes sont meurtrières, mais celui qu'elles ne foudroient pas est bientôt rétabli. Sauf les blessures d'obus et exception faite des cas où, les soins n'ayant pu être assez rapides, il s'est produit un empoisonnement du sang, le besoin d'une amputation se fait rarement sentir.

Le soldat russe n'est pas nerveux, et de là vient, je crois, sa résistance à des blessures qui tueraient un homme plus sensitif, rien que par la commotion. On m'a rapporté le cas d'un malheureux atteint au visage par un éclat d'obus. Il ne restait rien des sourcils aux oreilles, que le cerveau et le fond du gosier. L'infortuné vécut pourtant encore un jour avant de succomber. Un autre avait eu le poumon droit perforé d'un coup de baïonnette, et l'ouverture était assez large pour permettre d'y plonger la main jusqu'au poignet. Il était actuellement, me dit-on, presque complètement guéri.

Le pourcentage de guérisons des blessures de shrapnells est également plus fort que dans aucune des guerres précédentes. On parle beaucoup de l'effet particulier des obus à grande vitesse, effet que je n'avais pas vu signalé jusqu'ici. Ces énormes projectiles renversent les hommes qu'ils frôlent, même sans les toucher ; beaucoup restent paralysés pendant plusieurs jours, et d'autres éprouvent un tel ébranlement nerveux, qu'ils en perdent la raison. Il y a, me dit-on, dans les hôpitaux russes, plusieurs milliers de cas de ce genre, et j'en ai personnellement vu beaucoup.

Les hôpitaux, quelque bien installés soient-ils, n'en restent pas moins toujours des endroits fort déprimants, et l'on est heureux de n'y faire qu'un court séjour. Mais au milieu de tous ces maux, suites inévitables de la guerre, on se sent pourtant soulagé de savoir que, dans cette terrible épreuve, rien n'est ici négligé de ce qui peut, par les soins des hommes, leur science et leur bonté, adoucir les douleurs de ceux qui souffrent.

Tombes russes en Galicie.

CHAPITRE IV

LES RUSSES A LEMBERG

———

Lemberg (Galicie), 14 octobre 1914.

Lemberg est si écarté de la route habituelle des voyageurs, que le gros public n'a peut-être pas compris toute
l'importance de sa conquête par les Russes et de l'entrée
triomphale de nos alliés dans cette ville magnifique. Les
rues y sont larges, les parcs nombreux; les magasins riva-
lisent avec ceux des plus belles capitales de l'Europe, et
l'on y trouve une demi-douzaine d'hôtels de premier ordre.
Tout cela fait de Lemberg une des villes les plus attrayantes
de l'Autriche, et qui sera d'un grand poids à l'actif de la
Russie. A l'exception des cités belges, aucun des belligé-
rants n'a encore fait, dans ce conflit, de conquête aussi
importante. On y respire partout, en ce moment, une
atmosphère belliqueuse. Chaque boulevard, chaque coin de
rue rappellent l'existence du nuage funeste qui obscurcit
l'Europe entière.

Dès l'instant où l'on descend du train, impossible d'oublier, fût-ce pour une minute, que l'on se trouve dans la
zone des opérations actives. La vaste gare impériale, qui
porte au-dessus de sa grande porte le nom de François-Joseph, est entièrement militarisée. Dès son arrivée, le voya-
geur se trouve en présence de la police russe, et il doit lui
expliquer la raison qui l'amène ici. Ses motifs et ses papiers

paraissent-ils insuffisants, adieu pour lui l'espoir de mettre jamais le pied hors de la gare. Personne, je crois, ne peut actuellement ni entrer ni sortir de la ville sans permis militaire. Le vaste édifice de la gare est lui-même rempli de soldats.

Nous sommes arrivés à 3 heures du matin. La grande salle d'attente était encombrée de soldats endormis, et l'éclairage falot laissait entrevoir les salles des bagages également bondées d'êtres en uniforme, sommeillant derrière leurs fusils en faisceaux. Le restaurant des 1res classes est une ambulance, débordant de brancards et de civières, où les blessés attendent d'être transbordés d'un train dans un autre, ou d'être transportés dans l'un des hôpitaux de la ville. Quant à la salle à manger des 2es, tout l'ameublement en a été enlevé, et il n'y reste plus qu'une seule grande table, pour les opérations qui ne peuvent souffrir aucun retard. A chaque porte, dans le moindre passage, des sentinelles veillent, baïonnette au canon, et il serait bien malin celui qui pourrait parcourir, sans se faire arrêter, la moitié de la gare, sans parler des obstacles qui l'attendraient à la sortie.

Il n'y a qu'un seul endroit, dans tout le vaste édifice, qui ne soit pas occupé en ce moment par les services de l'armée : c'est le salon d'honneur, réservé à Sa Majesté Impériale l'empereur d'Autriche, roi de Hongrie, lorsqu'il daigne visiter sa cité de Lemberg. Le colonel qui commande la gare nous a montré cet appartement, et le premier contraste a fait courir dans nos veines un léger frisson : juste devant, sur la voie, stationnait un train de la Croix-Rouge, amenant du front des blessés, et des soldats occupaient tout le trottoir. Nous passons brusquement de ce tohu-bohu dans une salle obscure. Un ordonnance obligeant apporte quelques lampes électriques, et nous apercevons une pièce en tous points semblable aux appartements privés de l'Empereur, dans son propre palais : lourds tapis, riches tentures aux murs, globes électriques habilement dissimulés, ameublement somptueux, aucun potentat n'aurait pu désirer davantage. Et derrière la cloison, à trente pas à peine, gisaient les blessés souillés de sang, couverts de poussière, — les humbles qui paient le prix des empires !

Dans chaque rue de la ville, on voit des soldats russes et des Cosaques chevauchant de tous côtés sur leurs petits poneys velus. Partout des convois, des chariots chargés de blessés ennemis, des files de bétail qu'escortent des Cosaques; c'est l'activité de la guerre sous ses formes les plus variées.

L'arrivée subite de l'armée d'invasion paraît avoir fort peu troublé les habitants, et tous semblent prendre très tranquillement l'occupation russe. Les envahisseurs ont observé, il est vrai, du jour de leur entrée dans la ville, la discipline la plus stricte. Les factions locales les plus hostiles à la Russie sont obligées de reconnaître que l'armée s'est parfaitement comportée et qu'une discipline étroite n'a pas cessé de régner parmi les troupes. Si l'on se rappelle que les Russes ont occupé la ville après une bataille acharnée livrée seulement à quelques kilomètres, dans laquelle ils avaient subi de lourdes pertes, et alors qu'ils étaient encore dans tout le feu du combat, cette conduite excellente fait le meilleur éloge de leur discipline.

Tous les gens avec qui j'ai causé ont été unanimes sur ce point. Et il est d'ailleurs évident, à voir la façon amicale dont fraternisent dans les rues les troupes et les habitants, que ceux-ci n'ont jamais eu aucun sujet de plainte.

Il y a pourtant une grande sympathie pour les prisonniers autrichiens, et cet après-midi, j'ai assisté à une scène probante. Une poignée de Cosaques descendait la rue, poussant devant elle une troupe d'Autrichiens épuisés, trois cents peut-être au total. Les Cosaques chevauchaient au milieu d'eux de toutes parts, comme des cow-boys convoyant un troupeau. Des quantités d'habitants couraient à côté et passaient aux bleus Autrichiens, hagards et lugubres, des fruits et du pain. J'ai même vu un homme bien mis, en chapeau de feutre, s'avancer juste sous les naseaux d'un poney cosaque et vider dans les mains des pauvres prisonniers tout le contenu d'un étui à cigares, fort bien rempli ma foi, et que surmontait son chiffre. Les femmes jetaient aussi des fenêtres du pain et de la viande, et les Autrichiens se disputaient le tout, comme le font les poules des miettes que leur distribue la fermière.

Les Autrichiens que je vois ne sont pas d'un physique précisément brillant : beaucoup ont l'apparence délicate et malingre ; presque tous semblent débiles et de petite santé. Je me figure mal ceux que j'ai aperçus mettant de l'ardeur dans la lutte actuelle ou y prenant même un intérêt. Beaucoup, assurément, ne se soucient guère de la cause qu'ils défendent si, toutefois, ils savent quelque chose des circonstances de la guerre.

Un détail frappant, c'est le nombre des infirmiers autrichiens prisonniers que l'on rencontre en ville ! Tous semblent jouir d'une liberté complète, et on les aperçoit qui flânent dans les rues, saluant les officiers russes aussi respectueusement que les leurs. Ils aident d'ailleurs les chirurgiens russes dans tous les hôpitaux.

L'effort énorme accompli par les Russes pour leurs blessés me frappe chaque jour davantage. Aucune guerre, je crois, n'a rien vu de semblable quant au nombre et à la perfection de leurs établissements hospitaliers : rien qu'à Lemberg, on compte quarante-deux hôpitaux militaires. Tous les monuments publics, une bonne partie des hôtels sont remplis de blessés. Sur les bibliothèques, sur les musées, les édifices municipaux et bien d'autres encore, flottent aujourd'hui, côte à côte, le drapeau russe et l'étendard de la Croix-Rouge. Ces hôpitaux cependant, comme ceux de Rovno, se vident peu à peu et l'on transporte ailleurs, pour leur convalescence, le premier grand flot de blessés des premières opérations.

Les journalistes russes qui font partie de notre petit groupe sont littéralement ravis de leur nouvelle ville. Ils en semblent aussi enchantés que des enfants d'un jouet nouveau et ils passent leur temps à rouler par Lemberg pour voir « nos » monuments publics, « notre » gare et « nos » jardins.

CHAPITRE V

LA PSYCHOLOGIE DE LA GUERRE

———

Lemberg (Galicie), 15 octobre 1914.

Avant de nous offrir le spectacle de la guerre proprement dite, on nous donne une excellente occasion d'en étudier les effets. Peut-être les autorités russes caressent-elles l'espoir que la vue de tant de malheureux, épaves des combats, nous enlèvera notre ardent désir d'aller sur le front, pour nous faire retourner chez nous tous en paix. La seule phase du jeu terrible de la guerre, que redoutent tous les vieux soldats, c'en est tout justement l'arrière-plan et la suite, et c'est précisément cet aspect particulier que jusqu'ici nous contemplons seul. En tout cas, et quels qu'en puissent être les motifs véritables, nous vivons littéralement dans l'atmosphère des hôpitaux. Chaque matin, de bonne heure, nous en parcourons un nouveau, toujours rempli de blessés. A la fin de cette grande guerre, les journalistes de notre petit groupe pourront se flatter d'être passés maîtres en fait d'hôpitaux militaires et de blessures variées.

L'absurdité de tout ce jeu de la guerre vous frappe plus particulièrement dans les hôpitaux. Les armées comprennent deux genres de spécialistes, qui ne se cèdent en rien en habileté. Les premiers consacrent leur vie à inventer les façons les meilleures d'anéantir et de détruire leurs semblables, et les seconds, avec une égale application, recherchent et étudient les moyens les plus sûrs de sauver les victimes que leur fourniront les premiers.

Nous voyons partout mêlés ces deux contraires : le soldat et le médecin. Le général vient à l'hôpital admirer le docteur, et celui-ci, à peine libre, s'en va sur le front et félicite le guerrier.

Sur la route, c'est le même spectacle. Une batterie vous dépasse, se rendant au combat, à grand bruit de ferraille, la gueule menaçante de ses huit pièces couverte d'un bonnet de cuir neuf. On se rappelle, en les voyant passer, ce chien dangereux que l'on muselle, pour protéger les jambes des malheureux passants. Puis vient la longue file des caissons, chargés de ces shrapnells semeurs de mort, chefs-d'œuvre de l'ingénieur et du chimiste. Ceux-ci n'ont pas oublié les fragments mêmes de l'obus, et tout a été calculé pour les rendre le plus meurtriers possible. De même, le dressage des servants a eu pour seul objectif de permettre au monstre d'acier le maximum de carnage. Tout dans la batterie en marche respire la mort et la destruction.

Juste derrière, vient un convoi de la Croix-Rouge. Ses fourgons, en file interminable, sont chargés à se rompre : coffres à médicaments, instruments de chirurgie, civières, tentes d'hôpitaux de campagne, tables d'opération pour les blessés. Voici les hommes, dont le seul but est la guérison et la vie.

Aujourd'hui même, tout à l'heure, les canons vont entrer en action. A la nuit tombante, dans quelque bois là-bas, giseront par centaines les morts et les blessés ennemis. La rencontre a été heureuse, et l'artillerie s'est tue. Les canonniers, leur journée finie, sont assis de côté et d'autre. Ils bavardent joyeusement, et jouent comme de grands enfants. Leur tir a été excellent, et leurs officiers les ont félicités de leur bonne besogne. Ils sont contents de leur journée.

Pendant qu'ils se reposent ainsi complaisamment, leur tâche accomplie, les gens de la Croix-Rouge, qui les sui-

vaient cet après-midi sur la route, ne restent pas inactifs.
Leur rôle vient de commencer. Disséminés dans la campagne, par les bois ou par les champs, ils relèvent les
blessés que leurs frères artilleurs viennent de porter bas.
Les tentes de l'hôpital sont montées, les tables d'opération
dressées, et le chirurgien en tablier blanc, ses manches
retroussées, répare de son mieux les ravages du jour. Il y a
eu, au cours du combat, un coup des plus heureux, et
l'officier directeur du tir s'est frotté les mains de plaisir.
Il est en train de raconter le fait à ses camarades de mess :
il avait découvert, avec ses jumelles, la tranchée ennemie.
L'obus est arrivé droit au milieu, et il décrit complaisamment la confusion qui s'ensuivit. Mais, juste à cet
instant, le chirurgien à bout de forces, et ses deux infirmières épuisées, le visage blême, la robe rouge de sang,
sondent les blessures d'un corps humain tout lacéré, pour
chercher les fragments du même obus.

La besogne faite, le chirurgien va retrouver l'artilleur,
pour apprécier comme il convient les bons effets de son
tir du matin. Ce pendant que l'officier écoute, à son tour,
avec sympathie le récit du médecin de la Croix-Rouge,
dont une opération délicate vient de sauver la vie d'un
homme, le cerveau traversé d'une balle de shrapnell. Ils
s'adressent des compliments réciproques, et tous deux s'en
vont se coucher, contents de leur bon travail. La guerre est
vraiment un jeu étrange, dont la psychologie nous confond
un peu.

L'hôpital visité par nous ce matin est assurément la
formation sanitaire la plus parfaite que j'aie jamais ren-
contrée. Rien n'y manquait, dans les moindres détails ; il
était aussi propre qu'un sou neuf, et la ville la plus progres-
sive se serait fait honneur de le compter parmi ses établissements municipaux. J'ai causé avec de nombreux blessés,
tous aussi contents que possible dans leur infortune.
Toutes choses au mieux pourtant, les hôpitaux militaires

Tombes autrichiennes en Galicie.

ne laissent pas que d'être de lugubres endroits. C'est là que gisent, et par cent et par mille, les humbles qui paient le prix de la guerre. Quelle responsabilité pour ceux qui déchaînent ce terrible désastre ! Si les hommes d'État allemands, qui ont entrepris cette guerre d'un cœur si léger, pouvaient contempler les souffrances que leurs bévues diplomatiques ont répandues par toute l'Europe, leurs nuits seraient sans sommeil, et bien agitées pendant long-temps.

La patience avec laquelle les soldats russes acceptent leur sort m'impressionne chaque jour de plus en plus. Cette guerre les a profondément remués, et, tout en regret-tant les malheurs qu'elle apporte, presque tous semblent l'accepter comme une calamité inéluctable. Ils ont certaine-ment au cœur la haine de l'Allemand, et se battent volon-tiers contre lui. L'esprit des Autrichiens est tout différent.

Je causais, ce matin, avec un jeune réserviste autrichien, qu'une blessure cruelle immobilise pour des semaines, et je lui demandais si, dans son pays, la guerre était populaire. Il me dit alors, les larmes aux yeux, son histoire tragique. C'était un charpentier, des environs de Prague. Il fut appelé sous les drapeaux le 25 juillet ; il ignorait alors l'imminence de la guerre et, celle-ci déclarée, s'en soucia fort peu.

« J'ai laissé là ma femme et mes enfants, il y a de cela des semaines. Nous ne nous doutions absolument de rien. Ils étaient sans argent, et je n'en ai rien su depuis. Je n'ai aucune idée de ce qu'ils ont pu devenir, ni de la façon dont ils ont pu vivre sans moi. Et pourquoi ? Je suis un homme paisible, et n'éprouve aucune aversion pour les Russes, qui sont de très braves gens. Et cependant, on nous a arrachés à nos familles et envoyés ici combattre des hommes qui ne nous ont rien fait. Tous les réservistes de mon régiment pensent comme moi là-dessus, c'est-à-dire tout ce qui en reste, car beaucoup ont été tués. On nous a fait avancer, et, d'après nos officiers, nous avions devant nous 1.000 Russes.

Il y en avait bien 15.000. Je reçus une balle dans le dos comme nous reculions. Une fois tombé aux mains des Russes, je n'eus pas à me plaindre. Tout alla bien pour moi. Je suis parfaitement soigné. Tout le monde est très gentil, et les infirmières sont très bonnes. Mais je me tourmente, toujours et toujours, pour ma femme et pour mes enfants. Pas un mot depuis mon départ. Comment peuvent-ils vivre sans rien?... » Et, comme il disait ces mots, ses yeux bruns se remplirent de larmes, il se tourna contre le mur et se mit à pleurer tout bas. Des milliers de soldats autrichiens sont pareils, et chacun des quarante-deux hôpitaux de Lemberg est rempli de semblables prisonniers.

Plus je reste à Lemberg, et plus je suis frappé de l'ordre et de la paix qui y règnent. Les rues se vident à 10 heures, et le changement de maîtres semble laisser absolument indifférente la masse de la population. Les Autrichiens mêmes qui restent dans la ville ne paraissent pas nourrir contre les Russes d'hostilité spéciale. Détail bien significatif : en attendant l'arrivée éventuelle de Russie des nouveaux fonctionnaires, on a conservé, pour maintenir l'ordre, de nombreux agents de police autrichiens.

CHAPITRE VI

A TRAVERS LA GALICIE

Halicz (Galicie), 16 octobre 1914.

Nous avons quitté Lemberg, de bonne heure ce matin, pour visiter la contrée actuellement occupée par les Russes, et où se trouvait l'armée russe du général Brussilow, dans les premières phases de la campagne. Je préférerais assurément voir les combats mêmes qui se livrent actuellement, plutôt que les endroits où l'on s'est battu, il y a six semaines. La première journée pourtant de cette excursion en Galicie a été des plus intéressantes. Une semblable tournée ne fournit ni nouvelles sensationnelles, ni copie pittoresque, mais on y apprend des faits de grande importance et tout aussi utiles que le détail des combats. La guerre n'est après tout que l'aboutissement des événements antérieurs, et son importance vitale réside seulement en ceci, qu'elle présage d'autres changements futurs. Les combats ne sont autre chose que la manifestation visible de forces cachées beaucoup plus grandes.

C'est la première occasion qui nous est offerte d'étudier, sur le sol de la Galicie, l'occupation d'un pays par les Russes, durant la guerre actuelle ; et le temps écoulé, depuis le moment même de la lutte, est assez long pour nous donner une double perspective de l'armée russe, dans les combats qu'elle a livrés ici, et dans la façon dont elle s'est comportée depuis. Tout se passe sur une échelle si vaste, qu'il est impossible de sortir actuellement des généralités : il faudra des recherches considérables et fort longues avant de pouvoir écrire un récit vraiment précis, et qui puisse servir à l'histoire. Aussi me bornerai-je ici à des impressions très superficielles. La contrée que nous venons de parcourir aujourd'hui peut être pourtant, je crois, prise comme type de toute la Galicie Orientale, où la situation est identique, et, comme telle, elle n'est pas sans intérêt.

Un peu après 7 heures, nous partons de Lemberg par une matinée d'automne idéale. L'air était frais et vivifiant, et l'on se serait cru à un beau jour d'été, dans le Nord-Dakota, ou dans la Mandchourie du Sud. La terre était encore couverte de gelée blanche, et les feuilles aux teintes changeantes faisaient du magnifique paysage un tableau d'automne somptueux et coloré. A la gare, nous trouvons un train spécial réservé par notre colonel à notre intention.

Les correspondants de guerre qui sont ici ont tendance à gémir sur notre sort commun, qui nous éloigne de la ligne de feu. Pour moi, j'ai l'impression personnelle d'un effort extraordinaire des autorités russes pour nous montrer tout le possible. Sans doute, cette condescendance ne va pas jusqu'à mettre en péril ce que ces autorités considèrent comme de trop grande importance, mais c'est là leur affaire et non la nôtre. Un exemple seulement : les locomotives, et aussi les wagons, faits pour les voies autrichiennes, sont en ce moment presque introuvables. On nous donne pourtant pour notre tournée une locomotive russe modifiée et adaptée à ces voies, et deux wagons distraits l'un du service des blessés, et l'autre de celui des communications rapides avec le front. On a attaché, en queue de notre train, une voiture de 3ᵉ classe, où sont nos soldats d'escorte, et nous sommes partis avec des sentinelles, baïonnette au canon, dans notre wagon même. Toute la contrée, en effet, est encore, au moins nominalement, pays ennemi.

Arrestation d'un espion autrichien, dont un artiste russe fait le portrait.

Nous nous sommes d'abord arrêtés à Tichow, juste à la porte de Lemberg. Il s'y trouvait l'un des ouvrages de la ceinture fortifiée. Mais le mouvement enveloppant des Russes le rendit intenable, avec beaucoup d'autres, et il fut par suite abandonné presque sans combat. C'était une fortification modèle, et pourvue de tous les réseaux de fils de fer barbelés, que recommandent si hautement les professeurs de tactique.

Nous stoppons ensuite pour voir un vieux château, de plus de cinq cents ans, — spectacle qui ne soulève aucun enthousiasme spécial chez des correspondants de guerre, ne cherchant que sang et carnage. Un peu plus loin, nous atteignons Chodorow, embranchement d'une ligne qui court au sud-ouest, vers Stryi. Nous allons sur cette ligne jusqu'à un point, situé à quelques milles, où se trouvait jadis un très beau pont de chemin de fer. Les Autrichiens, dans leur retraite, le firent froidement sauter à la dynamite, et il vint s'abîmer dans les eaux troubles du Dniester, fleuve dont le débit et la teinte rappellent le Saskatchewan, à Edmonton, et aussi le Liao, au-dessus de Yincow, en Mandchourie. Les ingénieurs autrichiens firent là, je dois le dire, d'excellente besogne : leur magnifique pont de fer ne forme plus, dans le fleuve, qu'un monceau inextricable de débris, et la pile du centre est détruite jusqu'aux fondations.

Ce spécimen du travail de l'ennemi bien et dûment examiné, et une fois revenus à Chodorow, on nous conduit à une terre voisine. C'était naguère la propriété d'un général autrichien, que le devoir et peut-être aussi son inclination ont ramené dans l'armée de son pays. Ce gentleman ne semble pas avoir été fort populaire parmi ses paysans. Dans l'intervalle qui s'écoula entre le départ des Autrichiens et l'apparition des Russes, les habitants du voisinage visitèrent le logis du grand homme et lui témoignèrent du coup les compliments de longues années d'aversion. Le travail fut bien effectué, et la mise à sac complète. Il ne restait pas

un meuble entier dans une seule pièce. Tous les tableaux
étaient lacérés, et le piano, sur lequel un artiste du lieu
avait opéré, la hache à la main, n'était plus qu'un lugubre
chaos de touches et de cordes.

Cette visite faite, notre wagon nous conduit à Halicz, et
nous y passons la nuit dans notre train fort conforta-
blement.

La ville se trouvait à l'extrême gauche de l'armée russe
d'invasion, et celle-ci n'y arriva qu'après deux véritables
échecs. Les Autrichiens avaient, non loin d'ici, une position
des plus fortes et, lorsqu'ils l'évacuèrent après une lutte
acharnée, la plupart repassèrent par la ville. Ils étaient
plutôt pressés, et firent sauter le pont du chemin de fer sur
le fleuve avec tant de hâte, que de nombreux sapeurs,
occupés aux derniers préparatifs de l'explosion, périrent
par suite de la précipitation de leurs camarades, tant était
grande leur hâte d'être hors d'atteinte. Le pont ne fut pas
aussi complètement détruit que celui dont nous avons parlé
plus haut ; deux de ses portées s'écroulèrent pourtant. Les
Russes, qui suivaient de près, jetèrent sur le fleuve un
pont de bateaux, juste au-dessous de l'ancien pont, et conti-
nuèrent la poursuite, trois divisions au moins de Cosaques
précédant l'infanterie.

On aurait pu prévoir à ce moment quelques excès, s'il
avait jamais dû s'en produire. L'opinion générale ne regarde
pas des Cosaques, qui poussent de l'avant après une lutte
acharnée, et où les pertes ont été sérieuses, comme devant
se montrer par trop délicats pour les habitants du pays
envahi. Tout ce que nous pouvons pourtant constater, c'est
que la ville est intacte, à part quelques maisons touchant
la gare. Les officiers russes et les gens du pays vous disent
pareillement que les propriétés ont été scrupuleusement
respectées, et qu'on a payé pour tout ce qui fut pris. Géné-
ralement parlant, il faut regarder les versions officielles
comme sujettes à caution, et, naturellement, un correspon-

dant de guerre, en kaki et accompagné d'un officier, ne
peut non plus s'attendre à voir les habitants médire près de
lui des troupes russes. Je suis cependant porté à croire
exact ce que j'ai rapporté tout à l'heure. Il y a des poules
dans chaque poulailler, et, aux portes de la ville, on voit
partout du bétail dans les champs. Aucun pillage assurément n'a eu lieu. Nous n'avons vu non plus, dans la conte-
nance et les visages des gens, ni crainte ni suspicion des
troupes cantonnées sur place, et point de regards hostiles,
sauf peut-être chez les juifs. Ceux-ci, il faut le reconnaître,
semblaient plutôt moroses, bien que d'une politesse exces-
sive en toute occasion.

Les Petits-Russes, il est vrai, forment ici une part importante de la population, et la langue russe est très répandue.
Il n'y eut, de la part de personne, aucune résistance. Aussi
ne fallait-il pas peut-être s'attendre à des excès indus. Mais,
la chose est également certaine, une énorme armée, dans
son propre pays même, ne vaut guère mieux qu'un banc de
sauterelles dans un champ de blé. Quoi qu'il en soit, j'ai
été vivement frappé, aujourd'hui, du bel état de la contrée.
A l'exception de quelques villages où s'est livrée la bataille,
tout semble absolument normal. Oies, porcs, chevaux et
volaille abondent partout, et le nombreux bétail paraît
trouver à se nourrir dans la vallée même. Une bonne part
du grain est encore debout, et les champs sont remplis de
femmes qui coupent le blé, le ramassent et le charroient.
Rien ne peut faire penser qu'une armée immense, où les
hommes comptaient par centaines de mille, a inondé le
pays, et c'est là un fait bien significatif de la retenue et de
la discipline des envahisseurs.

Les préparatifs, dans le voisinage, montrent bien l'intention primitive des Autrichiens de tenir ferme, mais, à la fin,
leur avis changea. Beaucoup de leurs pièces fixes ne tirèrent pas un seul coup, et leurs tranchées ne furent jamais
occupées. Ils ont abandonné si précipitamment de très

nombreux canons à tir rapide du tout dernier modèle, que les appareils de visée et de fermeture de culasse, pourtant bien délicats, sont restés intacts. Tout un train chargé de ces pièces se trouvait, à notre arrivée à Halicz, sur une voie de garage, où il attendait l'heure du départ pour la Russie, pour y prouver de façon tangible les victoires de Galicie.

Il se trouvait aussi à la gare quelques prisonniers autrichiens et hongrois, tout frais capturés. C'étaient, semble-t-il, des épaves du premier combat, restées depuis lors cachées aux alentours. Ils paraissaient de fort bonne humeur, conversaient gaiement avec les soldats russes et fraternisaient avec eux de la façon la plus cordiale.

On avait pris pourtant, en même temps qu'eux, un individu d'aspect tout spécial, en jupe et chemise de peau, le chef couvert d'un chapeau de paille. Il était, disait-on, à 4o milles hors de sa route. Les gens compétents le disaient Hongrois, de l'autre versant des Carpathes. Les Russes semblaient mal impressionnés de le voir près des prisonniers, si loin de son pays natal. Ce gentleman ne montrait d'ailleurs, lui non plus, aucun enthousiasme. Il consentit pourtant à me laisser faire son esquisse et prendre sa photo. Peut-être se savait-il soupçonné d'espionnage et quasi certain d'être exécuté sous peu, car son expression était plutôt sombre.

Le pays, par ici, est vraiment magnifique et les villes extrêmement pittoresques, avec la variété de leur architecture, et celle, beaucoup plus grande encore, de leurs habitants. Aucun de ces jolis villages n'avait assurément une conception précise de la guerre moderne, ni du monde extérieur hors de leur pacifique vallée, avant le flot qui les a submergés, quelques semaines plus tôt, dans la tempête universelle.

Pont détruit sur le Dniester.

CHAPITRE VII

LA TRACE DE LA GUERRE

Du train spécial.
En route pour Lemberg, 17 octobre 1914.

Nous étions debout, dès 6 heures, à notre campement d'Halicz. Une belle gelée couvrait la terre, et l'air immobile et froid du matin était le sûr présage d'une journée magnifique. Tout dans le voisinage était calme et paisible ; seuls, les faibles cris étouffés des oiseaux et de la gent animale réveillés par la prime aurore, rompaient le silence qui enveloppait l'admirable sérénité de la vallée. Il fallait faire effort pour se rappeler la guerre et ses horreurs, et se souvenir que, quelques heures plus tard, nous allions visiter un champ de bataille où la seule pensée de plusieurs milliers d'hommes avait été, un mois plus tôt, de s'exterminer les uns les autres.

Après un déjeuner sommaire, nous quittons la gare avec une escorte de cavalerie, et nous gagnons une colline à 8 kilomètres environ. Les Autrichiens y avaient préparé, avec un luxe presque excessif, une position d'artillerie. Abris à l'épreuve des bombes, emplacements de grosses pièces reliés par des tranchées et d'autres lignes de tranchées en avant avec leurs fils barbelés, démontraient leur projet primitif de résister jusqu'au bout. La position commandait d'ailleurs toute la vallée, et celle-ci s'étendait sous nos yeux, au brillant soleil, comme un vaste panorama de petits villages parsemant çà et là la plaine.

La position avait pourtant un défaut capital : il était impossible de se servir des canons, tels qu'ils étaient placés, sous un léger angle de flanc. Je suis un peu amateur des choses militaires, et j'avoue que la chose reste un mystère pour moi : pourquoi avait-on fait tout ce travail, dans des conditions aussi manifestement défectueuses ? Peut-être quelqu'un connaît-il l'explication du fait, mais ce n'est point assurément votre serviteur.

Évidemment, les Russes avaient refusé d'arriver du côté où on les attendait. En tout cas, les Autrichiens ne furent jamais à même de tirer, fût-ce un seul coup, et ils décampèrent en telle hâte que la position reste exactement comme ils l'avaient laissée. Les Russes y capturèrent aussi des pièces de campagne toutes neuves, aux culasses si bien graissées qu'elles se fermaient et s'ouvraient avec autant de moelleux qu'une bonne serrure.

Quelques milles à flanc de coteau nous font descendre au gros village de Botszonce. Il y avait, tout près de là, un point stratégique important, et les Autrichiens y firent une résistance vigoureuse. Tout le centre de cette petite ville fut détruit par les obus, et beaucoup d'Autrichiens y passèrent lors de leur retraite. Un village attire des troupes en retraite comme un aimant la limaille de fer, et ici vint s'accumuler le résidu du désastre. On s'imagine aisément le commandant de l'avant-garde russe, observant la chose à la jumelle et donnant l'ordre bref de mettre en batterie et de nettoyer le village. Quinze ou vingt minutes se passent, et le centre de l'agglomération n'est plus qu'une ruine.

Il y a, dans cet épisode, un fait vraiment significatif. Au milieu de 4 ou 5 hectares de décombres et de débris, se dresse, bien en vue, la maison communale, surmontée d'une flèche, comme une église. Deux églises, tout près de là, sont également restées intactes. C'est la preuve évidente

de la justesse et de la direction voulue du tir des Russes :
un bâtiment qui touche l'église supposée n'existe plus, et
pas un seul obus ne semble avoir frappé les églises mêmes
ou soi-disant telles. Les Russes, en plein feu de l'action,
distinguaient donc des autres les édifices sacrés. Il y a aussi
un fait qui m'a tout spécialement frappé, non seulement ici,
mais aussi dans les quelques villages bombardés des environs : le feu de l'artillerie a été concentré sur les beaux
quartiers, et les demeures plus humbles des paysans sont
intactes. Pas une, à Botszonce, n'a été touchée par le bombardement, et les rares qui sont détruites l'ont été par l'ex-
tension des incendies d'alentour.

Nous montons ensuite à la crête, qu'occupaient les Autrichiens. Ce n'était, nous dit-on, qu'un chaînon de la longue
ligne fortifiée qui s'étendait sur des centaines de kilomètres,
d'Halicz au sud jusqu'à Rawa-Ruska au nord. La résistance y fut évidemment opiniâtre, le combat acharné, et la
lutte s'y prolongea plusieurs jours. Des semaines se sont
écoulées depuis, mais l'endroit, avec ses tristes reliques et ses
nombreuses tombes toutes fraîches, redit l'histoire du passé.
La ligne s'étendait fort loin, et chaque tranchée fait revivre
la résistance autrichienne. Partout des monceaux de douilles
d'obus, des débris de shrapnells, des uniformes lacérés, des
centaines de havresacs et de caisses de cartouches. On
voit encore çà et là des mitrailleuses à demi recouvertes maintenant par les caisses d'obus. Plus bas, des caissons jonchent
la campagne, et du matériel abandonné reste un peu partout dans les champs de chaume. Les paysans chargeaient
tranquillement le blé en meule sur leurs charrettes, à quelques mètres des débris d'un caisson, tout aussi déplacé
dans cette scène pacifique, qu'un navire à sec échoué sur la
plage, et le tableau était plutôt étrange.

Toute la route jusqu'à Halicz était jonchée d'effets militaires, abandonnés dans leur fuite par les Autrichiens. Il
est des plus difficiles d'obtenir actuellement un récit précis

et détaillé d'aucune de ces premières opérations. Les acteurs
ont disparu ou sont sur le front, à des centaines de kilomètres à l'ouest. Les paysans n'ont que des idées vagues,
et l'on ne peut dégager pour ainsi dire aucun fait de la
confusion de leur esprit. Tous les Russes, officiers et soldats, qui sont ici, sont des réservistes. Ils ne savent ce qui
s'est passé qu'indirectement et d'une façon générale.

Aussi est-il superflu de tenter le récit ou l'analyse d'aucune des opérations qui ont eu lieu sur ce front.

Quelles ont bien pu être les pensées des campagnards de
cette vallée? C'est ce qui m'intrigue vraiment. Voici, par
exemple, Botszonce ou Halicz. Il serait difficile de trouver
en Europe pays plus isolé. La petite vallée n'est sur la route
d'aucun endroit dont le nom soit seulement connu, et il n'y
passe pas par mois un seul Occidental. Soudain, au milieu
de leur isolement, les habitants voient une multitude armée
envahir leurs pénates. On abat leurs arbres, on creuse dans
leurs champs des tranchées et des emplacements pour les
grosses pièces; tout le pays enfin se couvre de fils de fer.
Ils sont encore stupéfaits de préparatifs auxquels ils n'ont
rien compris, que déjà le fracas des fusils et des canons a
remplacé leur paix et leur tranquillité. Les épaves de la
défaite remplissent les petites rues paisibles où, depuis des
siècles, les gens bavardaient en faisant leur marché. Des
flots intermittents de blessés encombrent les monuments
publics. Voici qu'arrive enfin la première vague de la
retraite : pendant des heures, l'artillerie et les convois
obstruent les quelques routes du pays, et les conducteurs,
affolés, ne ménagent pourtant pas leurs chevaux fourbus.
La petite ville est toute remplie de soldats épuisés, en quête
d'un instant de repos. Soudain, l'enfer se déchaîne au
centre du village; briques et ciment volent de toutes parts
et les maisons s'effondrent sous les obus incessants des
batteries en position sur les collines, à quelques kilomètres.

Cela aussi ne dure qu'un temps. Avec la torpeur mortelle

qui tombe avec le silence, les habitants s'aventurent parmi
leurs ruines, comme les fourmis sur leur monticule effondré.
Puis survient l'avant-garde russe, et c'est, des jours durant,
le flot de l'infanterie, de la cavalerie, en uniformes étranges,
qui coule par les rues. Les soldats ont aujourd'hui disparu,
les échos guerriers sont muets. Mais les gens du lieu errent
encore çà et là comme stupéfiés.

Cette petite ville a eu la malchance de se trouver sur le
trajet de la guerre et de ses ravages : aucune hostilité n'y
apparaît pourtant pour les soldats. Personne, probablement, ne fut maltraité et aucun malheur ne suivit la destruction du centre de la ville, destruction que quelques minutes
suffirent à consommer. A contempler ce spectacle, son côté
tragique vous saisit. Évidemment, la destruction d'une ville
où s'abritent les troupes ennemies est bien une nécessité
militaire et n'a, comme telle, rien que de légitime. Ce n'en
est pas moins chose bien dure pour les pacifiques habitants.

De retour à Halicz, nous lunchons avec le commandant
et notre train repart pour Lemberg, où nous espérons passer la nuit.

CHAPITRE VIII

LES FEMMES RUSSES ET LA GUERRE

——

Vladimir (Valensky), 21 octobre 1914.

Chaque nuage, dit le proverbe, a son arc-en-ciel. Jamais, certes, nuage ne fut plus sombre que la lugubre nuée dont l'ombre couvre l'Europe entière. Elle a pourtant aussi son arc-en-ciel, son beau côté, qui met en jeu la pitié, l'amour et les meilleurs instincts dont est susceptible l'humanité. Je voudrais retracer ici, en quelques lignes, l'œuvre admirable de dévouement des sœurs de la Croix-Rouge russe. Sans répit, pendant plusieurs semaines, nous venons d'être les témoins des scènes de guerre et de carnage : mais, au cours de cette période, il ne s'est pas écoulé un jour que le tableau n'ait été adouci par la présence constante des nobles femmes de ce pays. Elles sont toujours prêtes à soigner les blessés, à alléger les souffrances de ceux qui, sur ce front immense, sont tombés sous la tempête des balles et des obus.

Comme les troupes ont répondu d'un seul élan à la voix qui les appelait sous les drapeaux, ainsi femmes et jeunes filles se sont données sans hésiter. Leur tâche, c'est de soulager les misères des blessés et de chuchoter à voix basse, à l'oreille de ceux dont les quelques instants qui leur restent ici-bas se traînent vers une fin désormais prochaine, les dernières paroles d'encouragement et d'amour. Les étrangers étaient portés à regarder, avant la guerre, la Russie comme la terre de deux classes : le paysan et l'aristocrate. Aussi, le fait qui les frappe le plus, c'est que ce mouvement dont je parle est vraiment général et d'une véritable démocratie. Dans la réponse des femmes à l'appel, il n'a subsisté ni classe ni distinction, et l'on peut voir, revêtues de la même robe sacrée de la Croix-Rouge, la princesse et la paysanne. J'ai découvert, en plus d'une occasion, dans la sœur tranquille, au pâle visage, que je questionnais sur sa tâche au milieu des blessés, une comtesse, ou une femme comptant parmi l'élite de la société la plus fermée de Petrograd.

Si je me remémore nos dernières journées, je revois clairement quelques tableaux vraiment typiques. Rien ne saurait mieux montrer l'élévation d'esprit, le désintéressement de ces femmes jetées, par les exigences du moment, de leurs demeures luxueuses en pleine horreur de la guerre. J'ai passé deux heures, à Lemberg, à la tombée du jour, dans l'un de ces vastes logis de la souffrance ; on y pouvait voir réunis les ravages variés que l'ingéniosité de l'homme porte chez son semblable. Une femme au visage pâle et marqué de tristesse, fruit des semaines passées dans les hôpitaux, avec la tension nerveuse et la pitié qu'entraîne un tel séjour, faisait avec moi le tour des salles. Elle apparaissait, dans sa robe d'uniforme et sous sa coiffe blanche, portant sur sa poitrine la grande croix rouge, emblème de merci, comme la plus pure incarnation de la femme. Toutes les têtes se tournaient vers elle à notre entrée dans les salles. Elle s'arrêtait un instant à chaque lit, le temps de passer sur le front fiévreux d'un géant rustique une main blanche et caressante, douce comme de la soie. A chaque instant, ces hommes primitifs et robustes prenaient cette main pour la baiser. Et comme elle descendait la rangée des lits, tous les yeux la suivaient de ce regard de dévouement et d'amour que l'on distingue chez un chien fidèle.

Chaque lit avait son histoire, et le grand cœur de ma conductrice n'en ignorait rien. Voici, me disait-elle, un homme dont une balle de shrapnell a fracassé le front, pour poursuivre sa course et ressortir par la nuque. « Il y a deux semaines, je pouvais enfoncer dans le crâne de cet homme deux de mes doigts tout entiers. Mais il est hors de danger maintenant, et va se rétablir », et d'un mouvement adorable, elle se baissa soudain pour tapoter la forte main décharnée qui reposait sur la couverture. Nous allions ainsi d'un lit à l'autre, et, lorsqu'elle finit par me quitter, j'interrogeai le médecin de service. « Oui, me dit-il, elle est toujours ici. Je l'ai vue, dans les moments de presse, passer cinquante heures de suite sans dormir et presque sans manger. — Et qui est-ce? — La comtesse Y... Nous en avons beaucoup, beaucoup comme elle, ici... »

Je me rappelle aussi une scène bien significative, à Rawa-Ruska. La rue qui conduit à la gare est bordée, de chaque côté, par des ambulances. En revenant à mon hôtel, la nuit dernière, je m'arrêtai devant une fenêtre ouverte. Dans la chambre, faiblement éclairée par la lueur terne d'une veilleuse, le corps robuste d'un paysan russe était étendu sur la table d'opération. Rawa-Ruska n'est pas bien loin de la ligne de feu, et de nombreux blessés y arrivent des tranchées presque directement. La manche gauche du soldat était relevée jusqu'à l'épaule, et sur lui se penchaient deux jeunes filles, belles comme un rêve. L'une d'elles, assise sur un haut tabouret, tenait dans son giron le morceau de chair sanglante, autrefois la main de cet homme, et l'on distinguait sur son tablier, en dépit du faible éclairage, des taches de sang. Elle serrait tendrement cette pauvre main, et murmurait à l'oreille de l'amputé des paroles de consolation. Le soldat ne se plaignait pas, mais ses lèvres serrées montraient sa souffrance. L'autre jeune fille, agenouillée, épongeait la blessure hideuse, avec la douceur d'une mère pouponnant son bébé. Immobile dans la rue sombre, je

Village de Galicie.

contemplais ce tableau touchant, ces tendres soins prodigués à ce géant brisé, et je compris alors la pitié, la tendresse infinies, presque divines, que toute femme porte avec elle.

Au moment où nous remontions en wagon, un train sanitaire stationnait sur la voie d'à-côté. Il arrivait du front, et l'on venait d'en descendre les blessés du jour. Deux jeunes infirmières nous apparurent dans l'encadrement d'une vitre. Une bougie fixée dans une bouteille les éclairait. Elles mangeaient un sandwich, avant de repartir au front, cette même nuit. Elles sont partout, par centaines, par milliers, dans les régions où l'on se bat. Elles incarnent vraiment la femme russe, et celui qui les voit ainsi, si nombreuses, ne peut que ressentir une grande, une sincère confiance dans l'avenir d'un pays qui possède de tels dévouements.

CHAPITRE IX

LA CONQUÊTE DE LA GALICIE
PAR LES RUSSES

Grand quartier général russe,

22 octobre 1914.

(Détails plus complets interdits par la Censure)

Si cette guerre n'avait été que la seule lutte de la Russie contre l'Autriche, l'univers entier aurait retenti, ces deux derniers mois, du récit de vastes opérations, chefs-d'œuvre de stratégie, et du tumulte de batailles d'une importance et d'une étendue inconnues jusqu'ici dans l'histoire du monde. Mais la guerre commença, en Galicie, juste au moment où le grand nuage s'abattait sur toute l'Europe. Aussi les opérations du front Ouest, plus proches et d'autant mieux comprises des Anglais et des Américains que les contrées où elles avaient lieu leur étaient plus familières, ont-elles tout à fait éclipsé la campagne de Galicie. Devant l'invasion de la Belgique et les événements qui suivirent en France, le monde respirait à peine et restait comme fasciné. On n'accordait alors à la Galicie qu'un peu d'attention distraite. Il n'en arrivait d'ailleurs que des rapports clairsemés et arides, annonçant la prise de villes dont les noms mêmes étaient presque inconnus.

Aussi le moment semble-t-il venu de retracer, d'une façon très brève et fort simplement, la campagne des Russes en Galicie. Mais que le lecteur n'oublie pas que je suis attaché au grand État-major russe. Les règles qui régissent les correspondances interdisent encore aujourd'hui tout précis un peu détaillé des mouvements des troupes. Si je puis indiquer simplement, dans ce chapitre, le plan et la stratégie générale, et rendre par suite intelligible l'ensemble des opérations, j'aurai fait tout le possible, d'où je suis et à l'heure actuelle. La Censure m'interdit de donner le chiffre des effectifs, le nombre des corps d'armée, la désignation exacte des positions et, d'une façon générale, tout ce qui pourrait être, en fait, pour l'ennemi, du plus léger avantage, et le lecteur ne doit accuser que les exigences du moment s'il subsiste, dans l'exposé qui suit, quelque ambiguïté.

Les opérations en Galicie mettaient en présence 1 million environ d'Austro-Hongrois et un peu plus de soldats russes, chiffres qui font comprendre l'énorme échelle de cette campagne.

Au début de la guerre, l'invasion russe partit de trois directions différentes, les troupes formant trois groupes principaux, comprenant au total environ vingt corps d'armée. A l'extrême est, Brussilow, dont la base était à Odessa, passa le fleuve Zbrucz (comme on l'appelle dans le pays), et, son centre à Wotocczyska, sur la ligne ferrée, marcha sur Lemberg, clef stratégique de toute la Galicie Centrale. L'armée Russky, la plus nombreuse, partit de Kiew. Elle avait son centre sur le chemin de fer qui va, par Brody et Krasne, de Radziwilow à Lemberg.

Le troisième groupe, commandé par Ewerts, descendit au sud, de Brest-Litowsk vers Lublin. Il devait repousser l'armée autrichienne qui lui faisait face, et prendre les

autres de flanc. Tels furent, en deux mots, le plan de campagne et le thème stratégique, que les Russes exécutèrent à
la lettre.

Le défaut de réseau stratégique constituait, au début,
pour les Russes, une grosse infériorité. La carte de Galicie
montre au contraire, en sol autrichien, de nombreuses
lignes, qui convergent toutes vers la frontière russe et s'y
arrêtent. Aussi la concentration des Autrichiens fut-elle
presque immédiate. Les Russes, au contraire, n'avaient que
quelques rares lignes stratégiques : de là, pour eux, de
grandes difficultés au début des opérations. Le temps est,
dans la guerre, le facteur principal, qui commande tout le
reste. Avec de plus nombreuses têtes de ligne sur leur
frontière, les Russes eussent certainement envahi la Galicie
Orientale avant toute concentration sérieuse de la part des
Autrichiens ; mais leur absence permit à l'ennemi de fortifier à la hâte de nombreuses positions et de disputer pied à
pied le terrain.

On paraît avoir cru, en Angleterre et en Amérique, à l'infériorité des troupes autrichiennes, infériorité qui aurait
grandement facilité la marche en avant des Russes. Mais
ceux qui ont parcouru le terrain des opérations et lu partout, sur chaque page des champs de bataille aujourd'hui
déserts, le récit d'une résistance opiniâtre, ne peuvent par-
tager cette opinion. La remarquable impétuosité et le courage des soldats russes triomphèrent seuls, et cela en dépit
d'obstacles terribles, d'un ennemi tenace et luttant en
désespéré.

L'armée la plus distante de l'objectif stratégique commun,
Lemberg, était celle de Brussilow. Elle avait donc à parcourir plus de chemin que les autres, et elle livra peut-être
au début les plus durs combats. Les Autrichiens, profitant
de la supériorité de leurs voies ferrées, purent préparer en
face d'elle une première ligne de défense. Cette ligne suivait
la crête des hauteurs escarpées qui séparent les fourches

Halifr.

de la rivière connue sur les cartes de la contrée sous le nom de Zlota-Lipa. C'est là qu'eurent lieu les premières rencontres. Dans toute autre guerre, leur récit eût occupé des colonnes, mais l'immensité de l'ensemble actuel les relègue au rang de simples escarmouches.

Chassés de cette première ligne stratégique, les Autrichiens se retirèrent sur une seconde, celle-ci extrêmement forte. Elle était constituée par les collines et la ligne de faîte située à l'est de la rivière appelée Gnila-Lipa. Lorsque les Russes y arrivèrent, la droite de Brussilow se trouvait en contact avec la gauche de Russky, qui avait passé la frontière vers Radziwilow. Le front autrichien s'étendait sans interruption d'Halicz, sur le Dniester, jusqu'à Krasne, et même plus loin vers le Nord. La durée de la bataille engagée sur cette longue ligne ne fut pas la même partout : le combat terminé dans le sud au bout de huit à dix jours, se prolongea près de deux semaines à Krasne même.

La position qu'occupaient les Autrichiens était, nous l'avons dit déjà, des plus fortes, et l'habileté et la vigueur de leur défense menacèrent, des jours durant, d'arrêter définitivement l'effort des Russes. Tranchées ininterrompues, abris blindés, fils de fer barbelés, aucun des raffinements de la fortification moderne n'avait été négligé pour briser l'élan des envahisseurs. Canons de campagne à tir rapide, mitrailleuses et gros obusiers furent mis en action contre les Russes, et les pertes de ceux-ci furent très lourdes. Il y eut des points du front que l'on se disputa huit et neuf jours, et qui changèrent de mains plusieurs fois, dans des assauts et dans des contre-attaques extrêmement coûteuses. Pendant cette lutte acharnée, l'armée d'Ewerts, venant du nord, exerçait une pression lente et continue et chassait devant elle les forces autrichiennes considérables qui lui étaient opposées. Mais la décision de cette première grande bataille devant Lemberg ne vint pas cependant de cette armée. Ce fut la chute de la ligne autrichienne, au sud, qui brisa la résistance. De grosses masses autrichiennes battirent en retraite par Halicz, en faisant sauter derrière elles un grand pont métallique. L'obstacle n'arrêta point pourtant les Russes. En dépit de leurs marches forcées et des rudes combats qu'ils venaient de livrer, ils jetèrent sur le fleuve un pont de bateaux et poursuivirent leur avance victorieuse.

Un regard sur la carte montre la portée de ce mouvement : il menaçait d'enveloppement toute la droite autrichienne, et rendait impossible désormais la prolongation de la résistance qui continuait encore autour de Krasne. Aussi des ordres donnés en hâte prescrivirent-ils l'abandon de cette partie du front si opiniâtrément disputée. Il ne faut pas oublier pourtant — et c'est une justice à rendre aux Autrichiens — que, sur ce théâtre de la lutte et après treize jours de combat, leur ligne n'était point rompue, ni même sérieusement ébranlée. Les nécessités stratégiques, découlant du succès du mouvement enveloppant de Brussilow, au sud, amenèrent seules leur retraite. Les Autrichiens évacuèrent alors leur base de Lwow (Lemberg), sans tenter dans la ville même de nouvelle résistance, et se retirèrent sur une seconde ligne, plus forte encore que la précédente, qui passait par Grodek, et s'étendait au nord jusqu'à Rawa-Ruska. Pour la première fois, le contact était établi entre la totalité des forces russes, d'une part, et des autrichiennes, de l'autre. L'armée d'Ewerts avait repoussé en effet les corps autrichiens qui lui faisaient face entre Rawa-Ruska et Bitgoraj. Le front se dessinait donc sur une énorme étendue, les différentes armées n'en formant plus qu'une, immense, et la bataille s'engagea en même temps sur toute la ligne. Le total des forces des deux côtés dépassait certainement 2.500.000 hommes.

On connaît fort peu les détails de cette bataille, la plus vaste et la plus acharnée qu'eût jamais vue l'histoire de la guerre au moment où elle fut livrée. Ewerts, au nord, voulait avancer à tout prix, et ses attaques répétées réussirent

à faire fléchir peu à peu la gauche autrichienne, qui se
couda suivant un angle droit, Rawa-Ruska en formant le
sommet au nord-est. La lutte qui se déchaîna pendant huit
jours autour de Rawa-Ruska fut, je crois, sans précédent,
et les annales de l'histoire n'avaient jamais enregistré
autant d'acharnement et d'ardeur dans l'attaque, ni de
ténacité et d'obstination dans la résistance. La position des
Autrichiens, autour de cette pittoresque petite ville, était
très forte, et ils étaient résolus à s'y défendre jusqu'au
dernier pouce de terre. Ils le firent d'ailleurs à la lettre, et
combattirent huit jours durant, avec une opiniâtreté presque
incroyable, à l'angle extrême de la position. Cet angle formait, il est vrai, le centre stratégique de toute la bataille
— s'il est possible de déterminer un point semblable sur
une aussi vaste étendue.

Il y avait là huit lignes de défense successives, en un peu
moins d'un mille ; les Autrichiens tinrent, sur chacune d'elles,
jusqu'au dernier moment, et certaines changèrent de mains
plusieurs fois avant leur occupation définitive par les
Russes. Chaque tranchée parle d'ailleurs par elle-même.
Partout, des monceaux de cartouches, d'uniformes en lambeaux et d'objets de tout genre. L'intervalle qui les sépare
est absolument jonché de havresacs, et couvert de tombes
nouvelles. Le spectacle de la dernière de ces lignes — et la
plus forte de toutes — fait vraiment frissonner.

Les Russes avaient, à ce moment, hissé sur les collines
d'en face leur artillerie lourde, et, une fois leur tir réglé,
ils détruisirent littéralement toute la position. On peut
parcourir des centaines de mètres, en sautant d'un trou
d'obus dans celui qui suit, et ces entonnoirs ont cinq pieds
de profondeur sur dix de largeur. Si l'on ramasse au fond de
la tranchée un peu de terre, on y trouve des balles de
shrapnells par poignées. Les Autrichiens tinrent bon pourtant, sous cette pluie d'obus : la muette éloquence de l'endroit ne le dit que trop clairement. Chaque trou creusé par

les obus est semé de lambeaux d'uniformes bleuâtres, lacérés par les explosions. On entrevoit même encore, un peu partout, des débris de bras humains, une botte contenant une partie de jambe, lugubres restes de soldats courageux qui résistèrent désespérément, sous l'avalanche des explosifs et des shrapnells.

En arrière se trouve l'emplacement de l'artillerie autrichienne, marqué par des milliers de douilles d'obus, des roues brisées et des débris de caissons. Plus loin, un repli de terrain est encore jonché de cadavres de chevaux. C'est par ici que passèrent les restes des batteries autrichiennes. Il était impossible aux Autrichiens de tenir dans la ville même de Rawa-Ruska, et la perte de la ville et des positions fortifiées qui l'environnaient entraîna la débâcle de toute leur armée, sur l'entière étendue du front. Ce ne fut rien moins qu'un désastre pour la monarchie dualiste.

L'armée autrichienne se divisa alors en deux parties. C'est un avantage pour des armées victorieuses de posséder des bases distinctes, mais il en est tout différemment en cas de revers, car nécessairement chaque fraction se retire sur sa propre ligne de communication. Ce fut ce qui arriva. Les Hongrois, sur la droite, battirent en retraite par les passes des Carpathes, et les Autrichiens, au nord, se replièrent en désordre sur Cracovie, serrés de près par les Russes qui s'emparèrent de Jaroslaw. Ici s'acheva la première phase de l'invasion de la Galicie. Les Russes, à ce moment, occupaient la Galicie tout entière jusqu'au San et à Jaroslaw. Aucun ennemi n'y restait plus, sauf dans la place de Przemysl, encore au pouvoir des Autrichiens, au moment où j'écris ces lignes. Voilà pour le côté purement militaire de la campagne. Il reste à examiner les méthodes des Russes et leur conduite en pays conquis.

Les Russes, après six semaines de campagne, se trouvèrent les maîtres absolus de toute cette partie de la Galicie limitée à l'ouest par le San. Si, se reportant en arrière, on étudie

Train spécial de correspondants de guerre.

les opérations de cette première partie de la campagne, on est frappé de ce résultat remarquable atteint en un délai relativement court. Les Russes mirent sur pied trois armées gigantesques. Elles étaient parties de bases fort éloignées, ne disposaient que de rares voies ferrées, et chacune comprenait de nombreux corps d'armée. Le mouvement général fut cependant si bien combiné qu'il en résulta, sans un seul échec véritable, une série de victoires d'une immense portée. Et tout ceci fut accompli en face d'un adversaire dont l'histoire montrera quelle était la force. Les faits ont donné un démenti absolu à cette théorie qui faisait de l'Autriche un assemblage de factions prêt à se dissoudre au premier choc et dont les troupes ne combattraient même pas. C'est un devoir de reconnaître la défense courageuse et la résistance opiniâtre de l'armée austro-hongroise à chaque occasion favorable ; mais cette constatation rehausse d'autant plus les exploits des soldats du Tsar.

Nos troupes anglaises n'auraient pu, je crois, résister avec plus de bravoure que ne le fit, presque partout, l'armée battue. Je viens de parcourir un point où les Autrichiens tinrent toute une journée. C'est une immense plaine de chaume, sans aucune espèce de défense ni d'abri, à part les trous, profonds de quelques centimètres, que chaque soldat pouvait pratiquer. On voit encore, un mille durant, quelle était leur résolution de résister à tout prix. Le spectacle est vraiment tragique. Les restes d'équipements et les fragments d'obus jonchent la plaine nue d'une nappe ininterrompue. Juste au centre de cette zone lugubre se trouve un carrefour où se dresse un antique calvaire tout couvert de mousse. Depuis des siècles, les paysans faisaient, en passant, un salut respectueux. Pendant toute cette journée terrible, l'image du Christ sur la croix dominait blessés et mourants. Un éclat d'obus a fracassé le montant de bois vertical, et l'un des bras du Christ a été emporté. Contraste tragique et choquant ! La figure pathétique de Celui qui vint apporter sur

la terre le règne de la paix, dressée devant ce champ de carnage ! Le pied de la croix abrite une tombe toute fraîche, et
sur le bois du calvaire lui-même, un clou a gravé en rudes
caractères : « Ici reposent les corps de 121 soldats autrichiens et de 4 soldats russes du ͤ régiment. »

Après ces · semaines de combats terribles, les deux
armées se refirent et comblèrent leurs vides. Les Russes
assiégèrent Przemysl, prirent Sambor et soufflèrent un
peu. Les Autrichiens, pendant ce temps, talonnés par les
Allemands, s'efforçaient désespérément de concentrer à
nouveau leurs troupes. Les chemins de fer amenèrent à
Cracovie les troupes qui avaient traversé les Carpathes.
L'armée, qui s'était retirée directement sur Cracovie, y
reçut des renforts et s'y réorganisa. L'ensemble des forces
autrichiennes se trouva bientôt prêt à reprendre la lutte.
Certains s'étaient imaginé l'armée autrichienne frappée au
cœur, mais les faits se chargèrent de les détromper. Elle
recommença à s'agiter vers le 10 octobre. Sa gauche, à
Cracovie, joint, nous dit-on, la droite allemande, et l'on
parle, en ces parages, de nombreux corps allemands. Le
bruit court aussi que l'État-major allemand a la direction
suprême. En tout cas, la seconde période de la guerre en
Galicie bat actuellement son plein.

Elle débuta par une terrible attaque des Autrichiens
sur Sambor ; les Russes finirent par les repousser, mais
leur premier élan fut si impétueux que la situation parut
plusieurs jours compromise : les Russes envisageaient déjà
la perte des positions si péniblement conquises par leur
aile gauche. On entendait nettement, à Lemberg, le grondement de la canonnade et des bruits circulaient de
victoires autrichiennes. L'offensive austro-hongroise finit
cependant par un échec. L'intensité de la lutte diminua
peu à peu autour de Sambor, et l'intérêt se concentra sur
le front situé entre Sambor et Przemysl. Les Autrichiens
concentrèrent sur ce point environ quatre corps d'armée, et

tentèrent un effort héroïque pour rompre la ligne russe et reprendre Lemberg. La chose n'avait rien d'impossible, et tout dépendait du succès de leur attaque. Il y eut un jour, au début, où leur tentative sembla réussir, et de nombreux hôpitaux, à Lemberg, reçurent l'ordre de se tenir prêts pour un départ immédiat. L'offensive des Autrichiens finit cependant par échouer, de même que leur attaque contre Sambor, et leurs pertes en tués et blessés furent considérables, sans compter plus de 5.000 prisonniers pris par les Russes.

Tandis que cette bataille battait son plein, les forces combinées des Austro-Allemands tentèrent une autre offensive, dirigée celle-ci contre Jaroslaw, occupé par les Russes depuis la retraite des Autrichiens de leur front primitif, Grodek—Rawa-Ruska. Nous ne connaissons pas encore bien l'histoire de ces combats, et ils continuent d'ailleurs, à l'heure où j'écris ces lignes. Nous savons pourtant que les Allemands entrèrent d'abord à Jaroslaw, puis en furent délogés par une terrible contre-attaque des Russes, et ils n'ont pu, depuis, réavancer d'un pas. En un mot, ce dernier effort des Austro-Allemands pour arracher la Galicie aux Russes semble être resté absolument vain. Nous avons passé les trois derniers jours à circuler en arrière du front russe, sans cesser un instant d'entendre le fracas terrible de la canonnade. Nous nous trouvons trop proche des opérations, sous le double rapport de l'espace et du temps, pour nous rendre compte un tant soit peu de l'ensemble de la situation. Je crois cependant pouvoir avancer sans trop de témérité que la Double Alliance a épuisé ses foudres sur ce théâtre de la guerre, et il est peu probable qu'elle ait par la suite une occasion sérieuse de réoccuper le territoire perdu en Galicie.

Quant à la forteresse de Przemysl, elle résiste toujours, et peut très bien tenir jusqu'à la fin des hostilités. Elle est puissamment défendue, et il faudra longtemps encore pour la réduire.

Les lignes qui précèdent contiennent, je crois, un résumé exact des principales opérations militaires qui se sont succédé jusqu'à présent en Galicie. Il est presque impossible d'en avoir autre chose qu'une idée assez vague et des plus générales. Avec l'immensité du théâtre de la lutte, l'énormité des forces et le nombre des diverses unités engagées, tout récit précis et complet est impossible avant d'avoir sous les yeux les rapports des généraux des deux partis, et d'avoir pu les méditer.

Il reste pourtant ce fait dominant : la Russie a fait avancer, en deux mois, et sans retour en arrière sérieux, une armée de plus d'un million d'hommes, et elle occupe actuellement la plus riche et la plus belle portion de la fertile Galicie.

CHAPITRE X

VARSOVIE

———

Varsovie (Pologne), 25 octobre 1914.

Notre petit groupe de correspondants de guerre est de
retour, depuis deux jours, au grand quartier général. Et l'on
a tenu un conseil de guerre pour décider ce que l'on ferait
maintenant de la bande internationale et plutôt impatiente
d' « éléphants blancs », dont les deux wagons spéciaux garés
sur une voie d'évitement, au siège du quartier général, constituent la cage. A 3 heures de l'après-midi, on est venu
nous chercher pour nous introduire dans le sanctuaire des
maîtres de la stratégie. Nous y avons appris notre prochain
départ. Trois d'entre nous brillaient par leur absence, ce
qui ne laissait pas de nous surprendre un peu. Mais, une
fois dans le salon particulier du chef d'État-major, on nous
a expliqué ce détail : l'un de nos confrères, coupable d'une
indiscrétion, était déjà sur le chemin de Petrograd, et les
deux autres n'étaient pas admis au prochain déplacement.

Nos excursions variées ne sourient pas beaucoup à nos
confrères russes. Ce qu'ils rêvaient tous, c'était d'aller voir
le soldat dans ses tranchées, de se mêler à lui, et de prendre
des notes vécues, au fracas des obus, sous le lugubre sifCle-
ment des balles. A peine en présence du chef d'État-major,
les voilà tous discourant à la fois, avec un enthousiasme

parfait. Mais les plans du grand chef étaient tirés d'avance, et, lorsque ses ardents interlocuteurs lui permirent de prendre à son tour la parole, ce fut le sourire sur les lèvres et de la plus courtoise façon du monde qu'il nous en donna connaissance. Si le programme ne nous agréait pas, ajouta-t-il d'un ton fort doux, mais des plus significatifs, personne n'avait la moindre obligation de venir. Du reste, la voie de Petrograd était libre, et un train express se chargerait de ramener, avec confort et rapidité, les mécontents à leur point de départ.

Nous voilà donc revenus, dans de grandes et puissantes autos, à notre wagon spécial, pour y attendre l'heure du départ, non sans de sourds murmures de rage et de fureur de la part des deux exclus.

Trente heures durant, nous lambinons à la queue d'un train de soldats. Nous finissons pourtant par arriver à Varsovie à 2 heures du matin. Tout le monde ici vient d'avoir une fort jolie peur. Huit jours de suite on a entendu vers l'ouest tonner les canons allemands, ce pendant que les aéroplanes et les dirigeables ennemis, survolant la ville, y faisaient pleuvoir un peu partout des bombes. Aussi, dans toutes les classes, il règne une grande indignation. On ne peut, de bonne foi, considérer Varsovie comme une place forte ; d'ailleurs, pendant le combat, il n'est pas resté dans la ville un soldat, tous ceux qui se trouvaient disponibles ayant été dépêchés sur le front. La flotte aérienne allemande n'a pas cessé pourtant, pendant des jours entiers, de voler au-dessus de la cité et d'y jeter ses bombes infernales, sans se préoccuper aucunement des gens qu'elles pouvaient tuer ni des monuments qu'elles pouvaient anéantir, au bout de leur course aveugle. La première flottille qui se montra lança tout d'abord des imprimés en polonais. La population s'y voyait poliment informée qu'elle ne devait concevoir aucune alarme des bombes qui pourraient tomber sur la ville. Les soldats et les édifices publics étaient seuls en cause. Les

habitants n'avaient qu'à rester tranquillement chez eux
pendant l'accomplissement de ce programme.

Cette annonce rassurante faite, quelques nouveaux aviateurs se mirent en devoir de remplir la promesse des premiers, en jetant des bombes absolument au hasard. Il y en
eut, dit-on, trente-deux, qui tuèrent quatorze personnes
et en blessèrent une trentaine. Parmi elles, aucun militaire
ni fonctionnaire public. Pas un monument public ne fut
non plus atteint. Les dommages matériels furent d'ailleurs
très faibles.

J'ai vu la liste des pertes, elle ne comprend que d'innocents
civils : hommes, femmes et enfants. L'une des bombes vint
tomber à 100 mètres à peine du consulat américain, juste
en face de l'hôtel Palonia. Ni l'un ni l'autre de ces deux
bâtiments n'avaient d'ailleurs l'ombre d'une ressemblance
avec un monument public, et l'insulte en fut ressentie
d'autant plus vivement par leurs occupants. Les soldats
russes abattirent, me dit-on, l'un des aéroplanes. Il tomba
dans la rue, et de ses deux passagers, l'un se tua dans sa
chute, et l'autre, paraît-il, se brûla la cervelle pour ne pas
être fait prisonnier.

L'opinion publique est ici très montée contre les Allemands. Si peu croyable que la chose puisse paraître, on
voit dans les rues plus d'enthousiasme guerrier que je n'en
ai encore trouvé au cours de mes précédentes pérégrinations.
La population fait à chaque régiment qui traverse la ville,
en route pour le front, de véritables ovations. Les femmes
courent le long des rangs, à côté des soldats, leur passent
des victuailles et des cigarettes, et ce sont de nouveaux
vivats à chaque carrefour. Il faut faire effort pour se souvenir qu'on est en Pologne, et que les troupes si chaudement accueillies sont les soldats du Tsar.

Les habitants de Varsovie ont eu vraiment peur, et des
milliers sont partis, au moment où l'avance allemande semblait rendre probable l'occupation de la cité. La bataille se

prolongea pendant huit jours, à l'ouest de la ville. Aussi, à l'heure actuelle, après la retraite des armées du Kaiser, et depuis que leurs canons se sont tus, on voit partout apparaître un soulagement profond. Varsovie a repris son aspect normal, et chacun, homme ou femme, s'en va tranquillement à ses affaires.

La seule chose qui frappe chaque jour davantage l'observateur, c'est la bonne tenue et la sobriété des troupes russes. Il y a maintenant près de trois semaines que je vis avec l'armée, et j'ai vu des milliers de soldats de toutes les provinces de Russie. J'en suis pourtant encore à rencontrer un militaire, officier ou soldat, ivre ou tapageur. La traditionnelle terreur de la soldatesque, quand un pays se trouve envahi par les armées, est totalement absente. La prohibition des boissons alcooliques a certainement fait des prodiges dans l'armée russe. C'est l'un des grands facteurs à qui l'on doit la conduite admirable de ces armées, — dans les campagnes et dans les villes, — en Galicie et en Pologne. Je ne parle pas des armées du Nord, n'étant pas encore à même de les juger.

Paysans galiciens.

CHAPITRE XI

LA PREMIÈRE INVASION ALLEMANDE
DE LA POLOGNE

Lowicz (Pologne), 27 octobre 1914.

Nous avons quitté Varsovie de bonne heure ce matin pour une excursion sur le terrain de la dernière bataille. Si on la juge par ses résultats, on devra, je crois, la compter parmi les principaux événements de la guerre. Il y a eu ailleurs de plus vastes opérations, et des effectifs engagés plus considérables. Mais, à ne considérer que les résultats acquis, on ne peut estimer trop haut l'importance de ces derniers combats devant Varsovie et de leur issue. Il semble dès maintenant certain que la campagne allemande d'automne a atteint son niveau maximum sous les murs de la capitale polonaise, majestueusement étendue sur les rives de la Vistule. Restés maîtres, pendant l'hiver, de Varsovie et de la ligne de la Vistule jusqu'à Iwangorod, les Allemands auraient très bien pu se permettre de rester ici sur leurs lauriers, pour concentrer sur le front français tous leurs efforts.

Mais, dans leurs prévisions de la psychologie des populations, ils semblent s'être trompés en Pologne, comme dans toutes les autres contrées où ils ont porté la guerre. Ils s'étaient bien imaginé que la Belgique resterait passive et subirait sans mot dire l'invasion ; de même, ils avaient pensé que la Pologne resterait au moins neutre dans ses sympathies et leur prêterait même peut-être une assistance positive dans une guerre contre les Russes. Aussi leur armée marcha-t-elle sur Varsovie, joyeuse et confiante, persuadée qu'une victoire facile lui donnerait la ville et clôturerait la campagne d'automne. En dépit de l'énormité de leurs effectifs, ils paraissent n'avoir confié cette tâche qu'à environ cinq corps d'armée, presque uniquement de la réserve et du landsturm, avec quelques éléments de l'active pour les encadrer. Sans doute, au début, les Russes eurent une grande infériorité numérique. Mais ils tinrent sur leurs positions avec opiniâtreté, et eurent ainsi le temps d'amener des troupes fraîches et de déclencher contre la gauche allemande un mouvement tournant. L'offensive des Allemands se termina donc par l'évacuation de leurs positions devant Varsovie et leur retraite hâtive à l'ouest et au sud-ouest. Depuis le début de cette retraite, les Russes n'ont pas cessé de poursuivre leur avantage avec une grande activité, et chaque jour nous apprenons l'abandon par les Allemands de villes nouvelles et la continuation de leur retraite sur de nouvelles positions.

Comme je l'ai dit plus haut, il est extrêmement difficile d'apprécier des opérations dont le théâtre est aussi vaste; on ne peut le faire, en tout cas, que d'une façon très générale. Les nouvelles sont tenues secrètes avec un soin jaloux; les rumeurs et les avis privés sont, il est vrai, innombrables; mais où trouver l'exacte vérité dans cette multitude de versions différentes? La seule certitude, c'est l'échec complet du plan des Allemands, à la date actuelle, et leur retraite précipitée. Ils ne l'interrompent que pour des combats d'arrière-garde, destinés à retarder la poursuite des Russes et à leur donner le temps d'évacuer toute leur artillerie et tous leurs convois. Les combats qui se sont livrés ces jours-ci dans la contrée que je viens de parcourir pourraient, dans un conflit moindre, être regardés comme de vraies batailles. Mais, si l'on considère les effectifs engagés et la nature de la résistance, on doit conclure, à mon avis, que les essais de défensive des Allemands, s'ils sont pleins de vigueur et se traduisent par des rencontres acharnées et de lourdes pertes pour les deux partis, n'ont cependant pour objet que de protéger leur retraite, sur la ligne où ils comptent s'arrêter définitivement. Où sera cette ligne? Ceci est une simple matière à conjectures, et on en peut présumer la place aussi bien à Londres qu'ici.

La bataille sous Varsovie une fois perdue par eux, l'évidence et la logique dictaient aux Allemands leur conduite actuelle. C'eût été folie pure de leur part que d'essayer de prolonger la campagne dans une Pologne tout à fait hostile, à l'encontre de leurs prévisions. Les alliés de la Russie ne peuvent trop se réjouir de ce qui se passe, ni en exagérer la portée : c'est d'abord, et nous nous en rendons très bien compte ici, le premier échec complet de l'Allemagne, son premier programme réduit à néant, depuis l'ouverture des hostilités. C'est ensuite, et la chose n'est pas moins importante, l'effet produit sur les soldats russes. Leur moral a gagné cent pour cent, et toutes leurs appréhensions possibles sur la supériorité des légions allemandes se sont dissipées pour jamais. Il s'est évanoui le prestige immense dont se rehaussaient les soldats du Kaiser ; leur prétendue supériorité sur les Russes s'est trouvée n'être qu'une légende, qui n'a pas résisté à l'épreuve des faits. Les Russes ont montré leur courage dans les premiers jours de combat autour de Varsovie. Les Allemands comprennent maintenant, sans aucun doute, quelles ont été leurs illusions quand ils s'imaginaient ne rencontrer aucune résistance sérieuse. Leur retraite actuelle doit avoir sur eux un effet déprimant, tandis qu'au contraire elle encourage les troupes russes et aussi la masse de la population polonaise.

Nous n'avions pas quitté Varsovie depuis une heure,

qu'un autre fait nous apparut indiscutable, à ceux d'entre nous du moins qui sont de longue date familiers avec la vie d'une armée en campagne : c'est que la Russie est en marche, et que la puissante machine de son organisation se meut avec une trépidante activité. Je n'ai jamais été témoin de spectacles plus encourageants pour un allié, ni plus impressionnants pour le citoyen d'un pays neutre, que ceux que je vois se dérouler tous les jours. Partout, les grandes routes sont encombrées, sur des milles et des milles, des préparatifs de la marche en avant. Transports militaires, voitures de la Croix-Rouge, interminables trains de munitions, tous se dirigent vers le front; et l'ordre, la précision sont tels, qu'il faut pour toujours abandonner l'idée que l'organisation russe ne résiste pas à l'épreuve décisive. Toute la nation est debout, et l'on peut espérer que la poussée russe se fera toujours plus menaçante. Si les Allemands veulent arrêter le flot qui monte, fût-ce pour un instant, il leur faut sans retard ramener des troupes de l'ouest, sinon ils courent le risque de se voir submergés. La discipline des Russes semble toujours parfaite, et les soldats se conduisent, autant que peut le voir l'observateur, avec beaucoup de tact, et, qu'il s'agisse des habitants ou des prisonniers et blessés ennemis, avec la même cordialité.

Nous rencontrons des quantités de prisonniers, et chaque groupe comprend quelques uniformes bleus d'Autriche. Ceci prête corps à la rumeur, universellement répandue, et qui proclame un récent échange de régiments entre les deux Empires du Centre. On ajoute que, dans les dernières rencontres, les Allemands ont gracieusement alloué à leurs bons alliés les places d'honneur, où il y avait le plus de gloire, et partant le plus de danger. Je ne répète ceci que par ouï-dire et comme un on-dit. La seule chose certaine, c'est qu'il se trouve dans cette région des prisonniers, des blessés et des morts autrichiens.

Le front allemand est maintenant à 100 kilomètres en

Passage d'un gué.

arrière du point maximum de son avance, et la même distance le sépare, par endroits, de sa propre frontière. Autant qu'on peut le savoir, les Russes sont tout près de Lodz : on nous dit, un jour, la ville en notre pouvoir, et, le lendemain, aux mains des Allemands. Avec ces bruits contradictoires, il est difficile de démêler la vérité. Cependant des avis privés affirment expressément l'évacuation de Lodz par les ennemis. On attend, en tout cas, l'événement d'une heure à l'autre et, sans aucun doute, la dernière grande ville encore occupée par les Allemands entre Varsovie et Kalisz sera depuis longtemps repassée aux mains des Russes lorsque ce chapitre paraîtra à Londres.

Après avoir circulé une journée entière dans les environs, on commence à saisir les excellentes raisons qu'avait le bon peuple de Varsovie de craindre la chute de sa belle cité. Pendant huit jours, nous dit-on, le tonnerre de la canonnade ne cessa de faire trembler les vitres. Ajoutez-y les bombes dégringolant du ciel, des mitrailleuses et même d'entreprenants soldats tirant en pleine rue sur les aéroplanes : la vie ne manquait pas certes de piquant ni d'incertain. A quelques kilomètres de Varsovie, on aperçoit partout les traces de la guerre : des chevaux morts gisant dans les champs, de nombreuses maisons ruinées par les obus, et, de tous les côtés, des abris de tirailleurs et les inévitables tranchées.

Les profonds et vastes emplacements creusés par les Allemands prouvent à l'évidence qu'ils avaient amené de grosses pièces. Ils n'avaient rien négligé pour s'emparer de la grande cité, dont les cheminées et les flèches se profilent attirantes au-dessus de l'immense prairie, parsemée de bouquets de futaie. J'ai remarqué, aux portes de la ville, un antique et pittoresque moulin à vent, qu'un obus avait détruit de fond en comble. Ses longues ailes gisent sur le sol comme celles d'un oiseau blessé, et l'édifice entier s'est écroulé, tel un château de cartes. Quant à la grande route, très belle pourtant, elle est littéralement labourée par les explosions, et, au milieu de tous ces trous, le passage en auto est plutôt difficile, même à l'allure la plus lente.

Près de Blonie, nous quittons la grande route pour visiter un petit village doté d'un nom polonais impossible à prononcer. Il s'y était livré, nous dit-on, un combat, véritable type des engagements de ces jours derniers. L'artillerie avait détruit les premières maisons, et l'on distinguait, au milieu des décombres, les ruines d'une vieille et curieuse église. Les Russes l'avaient épargnée jusqu'au dernier moment, mais ils durent à la fin la bombarder, car les Allemands avaient établi une mitrailleuse au haut de la belle tour antique. Le témoin impartial se sent obligé, quelles que puissent être ses sympathies personnelles, de vérifier avec soin les renseignements qui lui viennent d'une source toujours un peu partiale. Aussi je parcourus les alentours pour voir si le témoignage des lieux venait confirmer la chose. A 1 kilomètre environ à l'est du village, bonne portée de mitrailleuse, on rencontre une immense tombe, où reposent trois cents soldats russes. Elle porte cinq petites croix, précédées d'une grande, qui commémorent le souvenir du colonel, de cinq capitaines et des hommes de leurs compagnies. Je découvris, près de ce lieu funèbre, nombre de reliques, et notamment quatre ou cinq casquettes d'infanterie russe, la coiffe trouée par les balles. Et je pus constater que l'oblique tirée du sommet de la tour venait frapper la verticale élevée au-dessus de la tombe, exactement à hauteur d'homme. Ce fut ici que les trois cents tombèrent, et l'on doit donc tenir pour acquise l'impudence des Allemands. Les Russes se replièrent sur-le-champ, et l'on peut, d'après les apparences, conclure avec certitude que la mitrailleuse de la tour dut cesser fort brusquement ses opérations.

Quoi qu'il en soit, les murs seuls de l'église restent encore debout, et l'intérieur de la nef n'est plus qu'un vaste mon-

ceau de poutres écroulées et en pièces et de débris de
maçonnerie. L'un des murs latéraux montre à 10 pieds en
l'air un énorme trou d'obus, et, juste en face, dans le
sauvage encadrement de cette brèche, se trouve un grand
crucifix. Un shrapnell est venu éclater au-dessus, criblant
le mur de balles sur 5 pieds de largeur ; mais pas une n'a
frappé l'image sainte. Dans un jardin, de l'autre côté de
la rue, des tombes hâtivement creusées laissent apparaître
des membres épars, et parfois même le crâne d'un des
braves qui sont tombés ici. J'ai remarqué une croix qui
portait, en allemand, cette inscription : « Ici reposent
les corps de douze soldats russes, qui moururent vaillam-
ment. » C'est un trait caractéristique, et l'un des beaux
côtés de cette guerre, que ce respect imposé aux combattants par leur bravoure réciproque.

A midi, déjeuner à la gare de Blonie. Le commandant
d'un corps d'armée prussien y avait, paraît-il, son quartier
général. Aucun de ses collègues n'approcha davantage de
l'objectif qu'ils visaient. Nous nous rendons ensuite, sous
une pluie battante, au siège d'un corps d'armée russe,
dans une ville que remplit l'activité du front voisin. Ce petit
endroit regorge de Juifs, partie de la population plutôt peu
favorable aux Russes. Lors de l'entrée des Allemands, les
Juifs les accueillirent avec joie et les Polonais froidement.
Mais leur retraite· forcée ne rendit pas des plus agréables
la situation des Juifs, car les Polonais avertirent aussitôt
les Russes de la sympathie ouvertement montrée aux ennemis par leurs voisins hébreux. Aussi les maîtres actuels de
la ville voient plutôt les Juifs d'un mauvais œil, et ils leur
attribuent toute sorte d'actes d'hostilité.

Nous ne sommes, ici, pas loin du front; aussi les
convois passent incessamment, et les blessés arrivent
nombreux. On a fait, ces derniers jours, sur tout le front,
nombre de prisonniers allemands, et nous en voyons
défiler beaucoup. Je viens de rencontrer cinq uhlans, trois

à pied et les deux autres, blessés, dans une carriole, qu'escortaient quelques Cosaques. Après toutes les histoires terribles de ces redoutables uhlans, ces tout jeunes gens en uniforme, le visage tiré, nous désappointent un peu. C'est donc là cette fameuse cavalerie, dont on nous a tant rebattu les oreilles ! Nous avons dépassé ensuite, sur la route, quelques centaines d'Allemands. Ils semblaient las et abattus, et à part quelques-uns, véritables enfants, ils étaient tous du second ou du troisième ban. Les troupes ennemies ne sont évidemment pas la crème de l'armée allemande, et les Prussiens ont amené sur le front de combat tous les hommes en état de porter les armes. Ceux que j'ai aperçus, infortunées victimes du système qu'ils servent, manquent d'enthousiasme, — pour ne pas dire plus.

Nous quittons le siège du corps d'armée et roulons jusqu'à Lowicz, récemment réoccupée. La ville est pleine de troupes, et se procurer un logement n'eût pas été chose facile, sans l'obligeance d'un officier russe qui nous permit de trouver un abri et un lit pour la nuit.

Autrichiens prisonniers.

CHAPITRE XII

UNE ACTION D'ARRIÈRE-GARDE

———

Skierniewice (Pologne), 28 octobre 1914.

Nous sommes venus de Lowicz en automobile, ce matin, dans cette jolie petite ville de Pologne, et notre journée a été fort intéressante. Nous serrons de près les Allemands en retraite, et il nous faut presque rouler à la grande vitesse pour les suivre : ils s'en vont aussi rapidement que possible, retardés seulement un peu par leur artillerie lourde et par leurs convois. Les Russes ne sont à Skierniewice que depuis quelques jours ; mais, depuis lors, le front a avancé déjà de plus de 30 kilomètres. C'est cependant la première base hospitalière ; aussi la ville est-elle pleine de soldats, de convois de blessés, et des fluctuations diverses du flot qui revient de la bataille. Les Allemands ont fait sauter derrière eux tous les ponts ; aussi avons-nous dû laisser là nos autos et prendre des carrioles pouvant passer à gué.

Le pays est superbe, et les routes splendides nous ont permis de marcher rapidement. L'intention des Allemands de tenir bon pour retarder l'avance russe apparaissait partout manifeste. A 10 kilomètres de Skierniewice, ils avaient préparé une position d'arrêt avec un soin extrême et ce souci du plus petit détail qui caractérise leurs ouvrages de campagne. Un abatis d'arbre, en travers de la route, entravait la marche de l'artillerie. Ils avaient creusé sur la crête des tranchées profondes et pratiqué des emplacements pour les grosses pièces. Le champ de tir, entièrement dégagé, permettait aux canons de campagne de tirer au maximum de leur portée, et l'ensemble présentait une position défensive idéale. Les Allemands n'y résistèrent pourtant pas une journée entière. Ils sont donc, évidemment, bien décidés à la retraite et ne livrent que les combats d'arrêt nécessaires à l'enlèvement de tout leur matériel.

Nous roulons encore pendant une heure, et, en arrivant sur une crête, nous tombons littéralement sur une nouvelle position fortifiée.

Le combat vient de se terminer, et il a dû être, je crois, le type des actions d'arrière-garde. Les derniers obus isolés de l'ennemi en retraite éclatent encore, de temps en temps, vers l'ouest, et l'on aperçoit, de-ci, de-là, au sud, des flocons de fumée, qui montrent la proximité des troupes. L'activité diverse et incessante du front remplit le petit village, un peu en arrière de la crête : voitures d'ambulance, blessés, convois de tout genre, et ces mille et une choses qui forment le cadre de la guerre. Derrière le village, un attelage à six chevaux hisse les avant-trains de deux batteries, tandis que les conducteurs bavardent et fument en se prélassant sur leurs selles. On entrevoit enfin, au nord, dans un pli de terrain, trois ou quatre bataillons restés en réserve. Les habitants sortaient juste de leurs caves, et chacun recherchait les dommages de sa maison pour les comparer à ceux du logis voisin. Çà et là, une chaumière en ruine, un cheval éventré par un éclat d'obus attiraient de petits groupes d'indigènes, qui discutaient la chose avec agitation.

Soldats, blessés, voitures, toute la population de l'endroit, hommes, femmes et enfants, encombraient la route. A la sortie même du village, nous voici sur le lieu du combat. Les tranchées forment de longues lignes, coupées çà et là par les abris de bombes, improvisés pour les officiers. Les soldats, l'engagement fini, sortaient à l'instant de leurs refuges et échangeaient encore leurs impressions. La rangée des canons russes traversait la route et s'allongeait vers le nord, les pièces de campagne montrant, hors de leurs embrasures de terre, leurs nez longs et luisants. Les artilleurs ramassaient les douilles d'obus vides, et les officiers établissaient le compte des munitions brûlées et des pertes subies. Plus loin, toujours au nord, apparaissait une autre ligne de tranchées, garnie de nouveaux et plus nombreux canons. Dans une campagne ordinaire, ce combat serait digne d'attirer l'attention; mais, dans ce prodigieux conflit, il n'est plus qu'un des mille détails d'une lutte dont le front s'étend sur des centaines de kilomètres.

Les Allemands avaient livré là le vrai type des actions d'arrière-garde, assez longtemps pour arrêter les Russes pendant un jour ou deux. Toutes ces rencontres se développent suivant un même plan. L'assaillant voit toujours augmenter ses forces; il lui faut néanmoins se retrancher d'abord. L'artillerie arrive, se met en batterie, fait pleuvoir sur l'ennemi une pluie de fer; et, le moment venu, l'infanterie joue de la baïonnette. Il suffit d'ailleurs de voir le terrain : à quelques kilomètres au delà des tranchées, les Russes ont dû emporter ainsi d'assaut un petit bois où les Allemands ont laissé quelque trois cents des leurs. Puis, la lutte finie, les troupes qui en avaient porté le poids ont cantonné sur place, tandis que d'autres, toutes fraîches, les dépassaient pour livrer, un peu plus loin à l'ouest, le combat de demain.

Le spectacle du petit bois dont je viens de parler semble confirmer l'assertion, tant de fois répétée, que les Allemands « pillent le berceau et la tombe » pour garnir leur ligne de feu. Un obus a déchiré le livret militaire d'un des morts; on peut y lire pourtant la date de sa naissance : « 1900 ». La présence ici d'enfants de quatorze ans prouve la quasi-généralité du recrutement. D'autres cadavres comptaient de trente à quarante ans; ce sont donc des troupes de

seconde et de troisième ligne qui forment l'armée en
retraite. Je n'ai pas vu d'Autrichiens tués, blessés, ou prisonniers dans ces parages, et n'en ai point non plus entendu
signaler.

A quelques milles à l'ouest, nous rencontrons un nouveau
village. Il s'est trouvé juste sur la route de la retraite
allemande ; aussi le bombardement qu'il a subi et l'incendie
qui en est résulté en ont fait un amas de cendres. On aperçoit encore çà et là le cadavre d'un cheval ou d'une vache,
étendu dans les petites cours qui précèdent les maisons.
Un obus a passé par là.

La nuit tombait, comme nous arrivions. Ici aussi, les habitants, tout étourdis du coup qui venait de les frapper,
erraient parmi les ruines. Les femmes, leurs bébés dans les
bras, restaient assises, comme hébétées, sur le seuil de
leurs portes, seul reste de ce qui, hier encore, était leur
logis ! Des vaches circulaient au hasard, cherchant à retrouver l'ancienne étable, où elles venaient d'habitude à
cette heure se faire traire et se coucher pour la nuit. Ce sont
là des spectacles qui sont, hélas ! la conséquence inévitable
de la guerre, mais qui n'en sont pas moins pénibles à contempler.

La destruction de ces villages provient presque toujours
de ce fait qu'ils servent de point de ralliement et de concentration aux troupes en retraite, et sont alors aussitôt
bombardés par les poursuivants. Lorsque les Allemands
résistent ainsi, les Russes n'ont que ce seul moyen de les
déloger de leur abri momentané. Néanmoins, l'aspect général du pays, malgré de si nombreuses rencontres, me paraît
satisfaisant. Les animaux domestiques abondent : il n'y a
donc pas eu grand pillage, malgré le double passage des
Allemands. Quant aux villages brûlés, ils restent relativement rares.

Cette modération des Allemands était à prévoir pendant
leur marche en avant ; aucun général sensé ne peut laisser

ses soldats s'attirer la haine d'une population qu'ils laissent derrière eux. Mais, à part quelques cas isolés, les Allemands se sont également bien comportés pendant leur retraite. Ce fait, étant donné surtout l'échec de leur plan d'invasion, laisserait supposer un changement complet dans leur façon de faire la guerre. Peut-être aussi la forte proportion d'hommes de la réserve et du landsturm y a-t-elle sa part : les hommes plus âgés, déjà chefs en Allemagne d'une famille à eux, sont en effet bien moins disposés à porter partout l'incendie que les jeunes gars de l'active, pour qui la guerre est une grande aventure. Peut-être aussi le respect pour un ennemi brave et tenace, respect qui croît des deux côtés, adoucit-il cette haine et cette cruauté pour les individus qui caractérisaient les débuts de cette guerre. En tout cas, je n'ai rien vu ni entendu, ni ici en Pologne, ni auparavant en Galicie, qui puisse en rien se comparer à la barbarie des Allemands en Belgique.

On commence évidemment à se rendre compte qu'après tout l'Europe vivra toujours, une fois la guerre terminée, et que la paix régnera encore sur le continent. C'est, je crois, un bon signe, de voir s'évanouir peu à peu la haine, pour ainsi dire personnelle, qui animait chaque soldat contre son adversaire d'en face. Le mélange intime des troupes et de la population étrangère fait certainement comprendre à tous que les ennemis ne sont en somme que des hommes comme eux, ni beaucoup meilleurs, ni beaucoup pires. Ainsi grandit, tant que dure une guerre, un sentiment de respect réciproque qui permet, la paix venue, des relations meilleures qu'avant les hostilités. C'est ce qui se passe actuellement entre la Russie et le Japon, entre l'Angleterre et les Boers. Ce sentiment se développe aussi, je crois, en Pologne, dans les armées belligérantes, et c'est un des rares beaux côtés d'un conflit qui n'exhale que misères et qu'horreurs.

CHAPITRE XIII

UN SERVICE RELIGIEUX
SUR LE CHAMP DE BATAILLE

Varsovie (Pologne), 1er novembre 1914.

Celui qui essaie de comprendre la psychologie des millions de simples soldats du Tsar en ce moment sous les drapeaux, et qui néglige le côté spirituel de tous ces humbles, oublie assurément l'un des traits principaux de leur caractère. Je ne m'étais jamais rendu compte de l'importance vraiment exceptionnelle de cet aspect, jusqu'au jour récent où une bonne chance rare nous a fait assister à un service célébré sur le champ de bataille, près d'un village de la Pologne Occidentale.

Le soleil venait de disparaître, et tout le paysage s'estompait dans les teintes neutres d'un bel et froid après-midi de fin d'octobre à son déclin. Quelque cent mètres nous séparaient des tranchées russes, où l'artillerie venait de cesser le feu. Les derniers brancardiers s'éloignaient vers l'arrière, chargés de leurs mélancoliques fardeaux, et, dans le bois voisin, les cadavres encore chauds des ennemis commençaient à se raidir dans la mort. Un peu plus loin, des obus attardés éclataient encore, de plus en plus rares, comme les derniers coups de feu d'une battue. La rencontre était finie, et les combattants de tout à l'heure passaient aux choses religieuses.

Le régiment était un régiment de Sibérie, et ses prodiges de valeur pendant dix-huit jours de combat continuel avaient réduit le nombre de ses officiers de 70 à 12, et de 4.000 à 1.700 l'effectif de ses soldats. L'État-major fut informé de l'endurance de ce régiment et de sa bravoure exceptionnelle, le Grand-Duc lui adressa un télégramme de félicitation, et conféra au régiment tout entier la croix de Saint-Georges, l'équivalent russe de notre Victoria Cross. Cette décoration n'est donnée que pour faits d'armes éclatants sur le champ de bataille. Quarante soldats, choisis par leurs camarades, représentent le régiment ainsi honoré et reçoivent la précieuse petite croix de métal, au ruban orange et noir.

Le régiment, ramené en arrière et rassemblé dans un pli de terrain, allait précisément entendre le message du généralissime, recevoir sa récompense et assister au service célébré par un prêtre de sa foi.

Jamais je n'oublierai la scène qui suivit. Les dix-sept cents vétérans, basanés par la guerre, couverts de la poussière et de la fange des tranchées, formaient un grand carré ouvert, dans cette atmosphère de bataille. Les fusils des soldats étaient à peine froids, mais le regard dur que donne le combat avait quitté leurs yeux pour faire place à cette expression de respect qu'inspire à l'homme religieux la présence d'un de ses prêtres. Et quel apôtre impressionnant ! Au centre du carré, tous les officiers du régiment groupés tête nue derrière lui, officiait le prêtre le plus magnifique que j'ai jamais rencontré. Sa chevelure dorée tombait sur ses épaules, encadrant le visage transfiguré d'un être dégagé des choses d'ici-bas. Revêtu d'ornements somptueux, il se tenait devant six fusils en faisceaux, dont les baïonnettes croisées supportaient l'Évangile et la Croix Sacrée, symbole de la foi chrétienne. Les yeux levés, comme en extase, vers le froid ciel de plomb d'en haut, il semblait déjà détaché de la terre. Derrière lui, quelques vétérans bronzés, désignés pour soutenir le chant. Et, de chaque côté, une file suivant l'autre, debout et appuyés sur leurs fusils baïonnette au canon, ces fils de l'immense Russie dont les steppes désolées courent des monts Ourals jusqu'à la côte lointaine d'Asie du Pacifique.

Impossible pour moi de suivre le service, célébré en langue russe, mais sa grandeur s'imposait à tous, sur ce champ de bataille, dans ce froid crépuscule. Et quand vint la bénédiction, chaque soldat, tombant à genoux, écouta, tête basse, la voix sonore du prêtre répandre sur lui la pitié, la tendresse de Celui qui veille sur chaque brebis de son troupeau, au milieu du tumulte de la bataille et de l'affreux conflit des races.

La forêt des baïonnettes se détachait sur le ciel, au-dessus des files agenouillées, et les aiguilles scintillantes de la plus terrible des armes semblaient partie même du service religieux. La scène qui suivit ne fut pas moins impressionnante. Le colonel, vieux guerrier grisonnant, s'avança, jeta d'une voix brève et martiale quelques commandements, et les soldats choisis pour la Croix de Saint-Georges sortirent des rangs. Ils vinrent embrasser la croix entre les mains du prêtre; puis les quarante s'alignèrent sur deux rangs. Sur les ordres d'un officier, les baïonnettes se mirent en marche, et le régiment se forma en colonnes de huit. Puis le défilé commença, colonel en tête, devant les nouveaux chevaliers de Saint-Georges, dignes représentants de tous ces braves.

Le vieux colonel grisonnant ouvrait la marche. Boitant encore d'une blessure de Mandchourie, il s'appuyait de sa main gauche sur une canne. En passant devant les nouveaux décorés, il leur fit, de la main, un salut respectueux. Le régiment suivit, compagnie par compagnie. Et, tout le temps de ce défilé, les quarante élus se raidissaient, radieux, et présentaient les armes. Jamais je n'ai vu plus belles troupes, ni plus martiales, que ces rudes Sibériens, marqués du sceau de la guerre, couverts de boue, la barbe longue. On entendait tinter sur leur dos leurs théières, leurs bêches et

Champ de bataille en Pologne.

tout le fourniment du soldat en campagne. La dernière compagnie passée, la voix profonde du colonel retentit de nouveau, et le régiment se disloqua pour regagner son poste dans les tranchées. Et, comme je flânais le long des lignes, je compris quelle foi et quelle ardeur la religion, semée sur un sol fertile, engendre dans une poitrine humaine.

Il y a, me dit-on, des prêtres presque partout aux armées. Les services religieux y sont aussi fréquents que possible, et, pendant le combat, ces hommes de Dieu se tiennent au milieu des hommes, administrent à ceux qui vont mourir les derniers sacrements et pansent les blessures des autres.

La scène qui précède, et dont je n'ai donné qu'un pâle reflet, symbolise l'esprit des troupes. Qu'il ne l'oublie pas, celui qui veut comprendre le tempérament du soldat russe et estimer ce dont il est capable : ce sentiment profondément religieux est pour une armée une force incalculable, lorsqu'il est gravé au plus profond du cœur de ces humbles, qui donnent leur vie sans compter pour la grandeur future de l'Empire.

CHAPITRE XIV

SCÈNES DE LA ROUTE, EN POLOGNE

Radom (Pologne), 2 novembre 1914.

Nous n'avons rien vu aujourd'hui de vraiment sensationnel, et nous n'aurions pu néanmoins souhaiter spectacle plus encourageant, avec notre expérience des armées en campagne et nos sympathies pour nos alliés. Nous avons couvert en automobile environ 200 kilomètres autour de Radom, et nous n'avions pas encore été témoins de tels indices d'une offensive, ni d'une semblable préparation. Les convois, les voitures de munitions et les troupes qui se trouvent actuellement sur la route, dans notre voisinage immédiat, formeraient une file d'au moins 100 kilomètres. Toute la journée, le matériel varié que nécessite la guerre a défilé sans discontinuer. La Russie peut avoir été un peu lente à se mettre en marche, mais elle ne s'en avance pas moins d'un pas sûr.

Je suis très frappé de l'énorme proportion de caissons d'artillerie par rapport aux camions chargés de munitions d'infanterie. Jamais, évidemment, le rôle de l'artillerie n'eut cette importance. Je n'exagère rien en fixant à mille le nombre des attelages à six chevaux que j'ai vus, ces derniers jours, amener les obus sur le front. On en rencontre sur les routes des files qui couvrent des milles entiers, et on en aperçoit aussi, dans la campagne, des parcs complets qui couvrent des hectares de terrain, avec leurs rangs interminables de petits chevaux velus. Chaque village est bondé de centaines de voitures de tout genre, et, aux alentours, dans les intervalles qui les séparent, ce ne sont partout que des soldats. Je ne sais combien de fois nous avons dû aujourd'hui ralentir notre auto pour traverser les colonnes sans fin de capotes grisâtres, qui nous ouvraient complaisamment un passage.

Les troupes russes n'ont en marche aucune formation régulière, à la différence de toutes les autres armées. En tête chevauchent quelques officiers, et le régiment vient derrière, à la débandade : les uns d'un côté de la route, les autres du côté opposé. Les derniers groupes s'éparpillent en filets de plus en plus minces, s'égaillent dans les champs d'alentour, cheminent péniblement çà et là, comme si chacun voyageait pour son compte. Après le passage d'un régiment, on en rencontre encore, pendant des milles, de petits paquets qui s'en vont lentement d'un air détaché et comme à l'aventure. Mais, la nuit venue, pas un homme ne manque au cantonnement. Ils sont tous là, à la distribution des vivres, et repartent, le lendemain matin, au grand complet.

Cette méthode de marche a, paraît-il, fort déçu les aviateurs allemands dans leurs estimations des effectifs. Avec des colonnes égaillées de la sorte, on ne peut savoir, de n'importe quelle hauteur, si l'on aperçoit un bataillon en ordre compact ou une compagnie dispersée. Les autres armées marchant en ordre serré, on les aperçoit au contraire, sur les routes, de très loin, et il est facile d'évaluer la force exacte de leurs troupes.

Plus on voit le soldat russe et plus on l'aime. C'est le meilleur être du monde, le plus enfant et le plus gai. Je viens de passer un mois à l'armée, constamment avec les troupes, et n'ai été témoin d'aucune rixe ni d'aucun désordre. En route et au bivouac, tous semblent heureux et

contents, lorsqu'il fait beau ; mais, par contre, la pluie les
assombrit un peu.

Nous avons vu pour la première fois, dans notre dernière
tournée, de nombreux Cosaques, et causé avec beaucoup
d'entre eux. A mon avis personnel, la terrible réputation
qu'on leur a faite n'est qu'une calomnie. Il peut y avoir
parmi eux des individus indésirables, mais la plupart m'ont
paru de grands enfants bien découplés. Les uhlans me font
d'ailleurs un peu le même effet. Ils peuvent être tout autres
sur le front ouest, mais ceux que capturent les Russes ne
sont rien moins qu'effrayants. La plupart sont tout jeunes
et ressemblent plutôt à des écoliers en uniforme qu'aux
démons incarnés dont les journaux nous ont raconté les
terribles exploits depuis le commencement de la guerre.

Nous avons parcouru certaines routes détestables, et nous
nous sommes enlisés, l'autre jour, dans un mauvais endroit
où il nous avait fallu faire un détour, les Allemands ayant
détruit les ponts derrière eux. Heureusement survint fort à
propos une colonne de quatre ou cinq cents prisonniers, qui
nous tirèrent d'affaire. Tandis qu'ils dégageaient notre voiture, j'échangeai quelques mots avec des Autrichiens et des
Allemands, car il y en avait des deux pays. — Que pensez-
vous des Russes, demandai-je aux Allemands, et comment
vous ont-ils traités ? Ils me répondirent unanimement qu'ils
n'avaient eu qu'à s'en louer, et les Autrichiens firent chorus.
L'escorte qui convoyait ce groupe important de prisonniers
ne comprenait qu'une douzaine de soldats russes. Une qua-
rantaine de prisonniers s'escrimaient à sortir de la boue
notre auto, quand un des Russes s'approcha avec quelques
Autrichiens. Il venait nous demander comme un service de
changer de la monnaie russe contre de l'argent autrichien.
Prisonniers et leurs gardes fraternisaient ensemble, et
ne laissaient pas percer même une apparence d'animosité.
La guerre, en se prolongeant, tend ou paraît tendre à
diminuer d'âpreté.

Allemands prisonniers.

Il y avait, parmi ces prisonniers, deux Allemands très intelligents avec lesquels nous causâmes un peu. Tous deux étaient de la réserve, l'un, commerçant à Berlin, et l'autre, charpentier de son état. « Que dit votre armée de la guerre? » « Oh! nous aurons la victoire complète, me répondit le négociant. Vous le savez certainement : la France est déjà à bout. Nous n'avons plus que la Russie à battre, et nous savions bien que cela nous prendrait quelque temps. » « Et l'Angleterre? poursuivis-je. Elle a une nouvelle armée d'un million d'hommes, qui entrera en campagne avant peu. » Les deux hommes se regardèrent en même temps. Ni l'un ni l'autre, évidemment, ne savait rien de ce que je venais de leur apprendre, et leurs visages le trahirent.

Un troisième, jadis cocher de fiacre, m'avoua préférer infiniment la guerre à son ancienne profession.

Malgré mes enquêtes, je n'ai encore acquis la preuve indiscutable d'aucun fait d'atrocités. On entend parler à chaque instant de telle ou telle horreur à la charge des Allemands, mais, recherche faite, je n'ai pu rencontrer aucun témoin *de visu*. L'individu interrogé invoque toujours les dires d'un autre, qui aurait été présent. Je n'ai rien à dire de ce qui se passe sur le front occidental, ou en Prusse Orientale, car je l'ignore. Mais ce que j'ai constaté en Galicie et en Pologne me fait croire qu'il ne s'y est pas commis d'excès, de part ni d'autre, sauf quelques cas isolés.

La guerre, sous son plus bel aspect, est déjà assez hideuse. Il ne peut sortir aucun bien des faits exceptionnels que l'on prend comme exemple, en les exagérant, et que l'on attribue ensuite aux deux adversaires. Je ne pense pas qu'on puisse trouver beaucoup de soldats, ni sur ce front ni sur l'autre, qui aient eu vraiment à se plaindre de mauvais traitements, une fois prisonniers. Les Allemands me semblent faire ici une guerre très régulière, et, pour les Russes, j'en suis sûr.

On ne peut trop exagérer les effets merveilleux de l'interdiction de l'alcool à l'armée. Il est peut-être banal d'en reparler encore, mais plus on vit avec ces hommes, officiers et soldats, et plus on admire leur sobriété, leur calme et l'ordre absolu qui règne partout.

L'organisation des services de l'intendance est irréprochable. Dans les innombrables chariots rencontrés ces derniers jours, nous n'en avons pas aperçu un seul hors d'usage, ni trouvé non plus sur la route le moindre encombrement. Tout se meut comme un mouvement d'horlogerie. Celui qui se souvient du temps jadis, et qui doute encore de la réorganisation de l'armée russe, n'a qu'à la voir ici pendant un mois ou deux pour comprendre l'étendue de son erreur.

CHAPITRE XV

LA PRISE DE KIELCE

———

Kielce (Pologne), 3 novembre 1914.

Les Russes ont pris Kielce aujourd'hui, et nous avons pu, pour une fois, entrer dans la ville avec les troupes. Le combat a eu lieu la nuit dernière, et ce fut, comme tous les précédents, une affaire d'arrière-garde, destinée à retarder l'avance russe et à assurer la retraite allemande. Mais l'ardeur des Russes est telle, et leur marche en avant continuelle les encourage tant, que leurs progrès sont très rapides. Aussi les Allemands sont-ils obligés de mettre parfois, dans ces rencontres un peu accessoires, l'acharnement d'une bataille véritable. La rencontre de Kielce a été des plus chaudes, pendant le jour ou plutôt la nuit qu'elle a duré, et les Allemands se voient donner une chasse qui les gêne beaucoup. La masse des troupes russes fait en ce moment de 20 à 25 kilomètres par jour, et certains régiments, sur les ailes, couvrent jusqu'à 40 kilomètres. A la première halte, les Allemands sont vite délogés par les vagues grossissantes de nos troupes, qui submergent leur résistance, comme une irrésistible marée. Le combat de Kielce commença hier tard dans l'après-midi ; mais les Russes, sans se laisser arrêter par la nuit, attaquèrent avec fureur le centre autrichien, à 10 kilomètres d'ici, emportèrent d'assaut le village qui en était la clef, et l'enfoncèrent complètement. Aussi la retraite des ennemis fut-elle précipitée. Leurs derniers soldats quittèrent la ville de Kielce à 10 heures du matin, et, un peu après midi, nous y entrions nous-mêmes avec les vainqueurs.

Nous avions passé la nuit dernière à Radom, et l'on nous y avait dit qu'on se battrait aujourd'hui à Kielce, et que nous pourrions assister à la bataille. Aussi nous avons démarré de bon matin. Mais l'étape était longue : 50 kilomètres, et les routes abominables. Les Allemands avaient eu le temps de détériorer l'excellent macadam et de brûler ou de faire sauter tous les ponts et les ponceaux. Force était, à chaque instant, de se détourner à travers champs, pour chercher des ponts jetés à la hâte. A maintes reprises, nous enfoncions jusqu'aux moyeux dans la boue, et nous avons compris tout l'avantage d'être attachés au quartier général, et d'avoir pour guide un colonel d'état-major. Nous trouvions-nous dans l'embarras, nous n'avions qu'à attendre l'apparition du premier convoi ou de la première colonne. Une centaine de vigoureux gaillards laissaient là leurs armes, poussaient à la roue et nous sortaient en un clin d'œil de notre mauvaise passe. Avec tous ces retards accumulés, il nous fallut pourtant près de cinq heures pour un voyage qui, en temps normal, n'en demande que deux. Les convois étaient trop nombreux et l'encombrement trop grand pour permettre d'aller bien vite, même aux meilleurs endroits.

Comme la matinée s'avançait, nous avons commencé à rencontrer des convois de blessés et à voir apparaître cent autres signes infaillibles de la proximité du front. A quelques milles de Kielce, nous nous sommes trouvés bloqués par l'avant-garde entière, qui, des champs d'alentour, débouchait de tous les côtés sur la route. Nous avons eu là la première nouvelle de la prise de la ville, car les troupes qui nous entouraient venaient de se battre toute la nuit, et leurs colonnes de tête étaient sur les talons des Allemands.

Des fantassins et des Cosaques avançaient de toutes

Service religieux sur le champ de bataille.

pàrts en chantant, heureux du succès qui faisait suite à la rude affaire de la nuit. Derrière nous, de l'est comme de l'ouest, arrivaient au trot, par tous les chemins, batteries sur batteries, couvertes de boue et de fange. Les servants, assis sur les avant-trains, croquaient des morceaux de pain, et échangeaient bruyamment des saluts joyeux. On venait de réatteler les pièces, qui poussaient aussitôt de l'avant, pour s'engager de nouveau dès la reprise du contact. Les pièces étaient reparties si précipitamment, que canons et caissons semblaient de vrais arbres de Noël, les artilleurs n'avaient pas eu le temps de serrer dans les fourgons leurs bibelots et leur attirail : balles de foin jetées à la hâte entre pièce et caisson, épaves de la retraite autrichienne, musettes pour les chevaux, vêtements, verres et théières, tout cet assemblage hétéroclite accroché un peu partout ballottait de-ci de-là, et résonnait contre l'acier des canons.

Nous fîmes notre entrée dans la ville au milieu d'une forêt de baïonnettes, — tandis que, par toutes les rues, affluaient les convois, la cavalerie et les caissons. Un colonel d'infanterie sur un grand cheval blanc, qui surveillait le défilé de ses troupes, voulut d'abord arrêter notre convoi. Mais, à la vue des aiguillettes de notre colonel, il arrêta à contre-cœur ses hommes et nous laissa nous glisser jusqu'à la grand'-place. Toute la population était aux fenêtres et le drapeau russe flottait presque partout. Si j'avais conservé jusque-là un doute sur les véritables sentiments de la Pologne à l'égard de la Russie, le spectacle de cette place l'aurait dissipé. L'enthousiasme était indiscutable.

Nous nous rendîmes à l'hôtel occupé par le commandant du corps d'armée. L'État-major s'y trouvait déjà, en train de déjeuner, et, comme nous entrions, tous les officiers, debout, chantaient de leurs voix gutturales et profondes l'émouvant hymne national. Après un déjeuner sommaire, nous retournons sur la place contempler l'avalanche humaine qui dévale par la ville.

Plus d'uniformes brillants ni pompeux. Tout est sobre et pratique. Officiers et soldats sont quasi semblables. Mais l'ensemble n'en est pas moins impressionnant. A voir cet incessant défilé de visages barbus, de capotes grises souillées de la poussière du champ de bataille et de la boue des tranchées, les bouillottes à thé et les bidons s'entre-choquant sur le dos des soldats, l'armée russe apparaît de plus en plus comme le facteur qui décidera un jour de l'issue de cette guerre, à nulle autre pareille. Tout l'après-midi, avec de fréquents arrêts, les colonnes traversent la place. Les rangs s'ouvrent parfois pour laisser filer vers le front les attelages à six et leurs longues pièces luisantes, brûlées et roussies par les innombrables coups tirés. Vers le soir, les troupes s'éclaircissent peu à peu et font place au fleuve sans fin des convois. Et, tout à coup, la canonnade reprend dans le lointain, au sud et à l'ouest ; c'est, d'abord, une détonation isolée ; une autre suit, puis une autre encore, et bientôt le grondement ne s'interrompt plus.

Ce sont les batteries qui nous ont dépassés, ce matin, sur la route. Elles ont déjà rattrapé l'arrière-garde ennemie. Mais notre colonel, pour être charmant, n'en est pas moins inflexible. Il nous fait former le cercle, et nous avise que toute avance est impossible ; il nous faut rester dans la ville. Pour calmer un peu notre impatience, le colonel nous emmena en corps, après dîner, et nous présenta au commandant en chef. Ce n'était, dans l'hôtel, qu'allées et venues incessantes d'aides de camp et d'estafettes, et nous restâmes environ trois quarts d'heure dans le salon particulier du général.

Tout le monde s'acquittait de sa tâche avec une entière conscience. La chambre du général était loin d'être grande, et son installation beaucoup plus sommaire que ne l'exigent, ou ne le réclament, la plupart des correspondants de notre groupe. Des cartes militaires, annotées pour le lendemain, couvraient la table. Un général de division, la barbe longue, et tout couvert de boue, causait en fumant dans un coin avec un colonel d'état-major, à l'uniforme également maculé. Notre visite n'était guère opportune. Le général nous fit pourtant un accueil fort courtois, et nous retint plus d'une demi-heure.

Avant de nous coucher, petite promenade dans les rues. L'ordre et le calme avaient succédé à l'encombrement de l'après-midi. La vague avait passé, et le front s'était avancé de 20 kilomètres. Seuls quelques convois, quelques détachements qui rejoignaient le gros des troupes, rappelaient encore bien faiblement le déluge du matin.

Pendant notre court séjour ici, je me suis efforcé d'obtenir des paysans le plus de renseignements possible sur l'occupation de Kielce par les Austro-Allemands. Elle s'est prolongée des semaines, et la retraite a été une surprise pour les Alliés. Elle ne semble pas cependant avoir beaucoup abattu les Allemands, qui conservent une confiance absolue dans leur victoire finale. Ils avaient accumulé à Kielce des montagnes d'approvisionnements, et beaucoup, au dire des habitants, pensaient y passer l'hiver. Il ne doit pas être difficile d'abuser les soldats allemands, et leur loi militaire interdit, je crois, de mettre en question, même en son for intérieur, les affirmations des officiers. En tout cas, ceux qui se trouvaient à Kielce paraissent n'avoir pas considéré la retraite de Varsovie comme de grande importance. Un hiver précoce et la rigueur de la température, expliquèrent-ils aux habitants, présentaient de sérieux inconvénients à la prolongation de leur séjour. Ils s'en retournaient chez eux pour un moment, et reviendraient au début du printemps.

J'ai causé avec les prisonniers et avec les habitants d'ici, qui semblent avoir eu peu à se plaindre de leurs visiteurs, et le fait suivant m'apparaît certain : les troupiers allemands considèrent la guerre sur le front occidental comme virtuellement terminée. Ce n'est plus pour eux qu'un sujet de conversation. Quant à la victoire sur les Russes, c'est une simple

question de temps. Le plus dur a été fait en France, et ils
« boulotteront » la Russie, dès qu'ils en auront le loisir.
Leur confiance semble avoir impressionné beaucoup de
gens, qui en sont venus, à contre-cœur, à adopter leur opinion. « Nous en étions arrivés à croire les Allemands invin-
cibles, me disait quelqu'un. Nous n'avons vu, pendant six
semaines, que de l'infanterie allemande et autrichienne, de
l'artillerie et des convois. Ils étaient si nombreux, tous en
si bel état et si sûrs de leur fait, que nous ne pouvions
croire qu'ils fussent jamais battus. Je désespérais presque,
mais maintenant c'est autre chose », et il me montrait du
doigt le flot des baïonnettes russes qui couvrait la place et
s'engouffrait dans la rue. « Y en a-t-il encore indéfiniment ? »
ajouta-t-il d'un ton significatif. « Ce matin de bonne heure,
la place était toute bleue d'uniformes autrichiens. Cela me fait
l'effet d'un rêve de ne plus voir maintenant que des Russes. »

Quant aux Allemands, ils étaient partis, je crois, dans
l'après-midi de la veille, laissant à leurs alliés de la double
monarchie la lourde tâche d'assurer l'arrière-garde.

De ce que j'entends dire de tous les côtés, il est évident
que les relations entre les soldats allemands et autrichiens,
et surtout entre les officiers, n'ont rien de cordial, pour ne
pas dire plus. Le dissentiment va croissant entre eux, et
c'est là un point qui peut, à un moment donné, devenir
fort important. Les Allemands réservent constamment les
mauvaises places à leurs alliés ; ceux-ci portent sans cesse
le fardeau ingrat de l'arrière-garde, et y perdent de nombreux blessés et prisonniers, tandis que les Allemands
prennent tranquillement les devants, avec leurs convois.
Beaucoup d'officiers allemands, m'affirme-t-on, ont été af-
fectés à des régiments autrichiens, et ils ne se gênent pas
pour user vis-à-vis de leurs camarades d'une arrogance et
d'un dédain qui créent le mécontentement et deviennent
intolérables. Querelles et récriminations sont à l'ordre du
jour ; si ce que l'on nous rapporte est exact, il est facile

d'ailleurs de comprendre que les Autrichiens se fatiguent
de la tâche plutôt ingrate que leur assignent leurs alliés,
et qui consiste à tirer pour eux les marrons du feu.

Le moral des troupes autrichiennes est certainement très
bas sur cette partie du front, et c'est là une des raisons du
très grand nombre de prisonniers que leur font les Russes
à chaque engagement. Ils se rendent en masse, nous dit-
on, et des groupes assez nombreux arrivent dans les lignes
russes, conduits par des guides du pays, en offrant leur
reddition. Tous ces bruits viennent, il est vrai, de source
russe ; je ne puis en vérifier l'exactitude, et il ne faut les
prendre que pour ce qu'ils sont, c'est-à-dire comme un
indice de l'opinion générale. Ce n'est, en aucune façon, une
certitude. L'état actuel des relations entre les deux Empires
alliés vaut pourtant la peine qu'on s'y arrête. Que l'Autriche
soit fatiguée de sa tâche d'arrêter les Russes, — tâche difficile et coûteuse, qu'elle s'efforce d'accomplir, et dont on
ne lui sait pas juste gré, — et qu'elle puisse un jour demander les conditions d'une paix indépendante, la chose est
dans le domaine du possible, et l'événement mettrait assurément l'Allemagne dans une situation désespérée.

Les centaines et les centaines d'Autrichiens blessés ou
prisonniers, que nous avons vus ces derniers jours, ne
comptaient parmi eux qu'une poignée d'Allemands. Ceux-ci
se tenaient d'ailleurs tout à fait à l'écart de leurs camarades
autrichiens, et semblaient s'entendre beaucoup mieux avec
les Russes de l'escorte. Un grand nombre des prisonniers
autrichiens sont des Polonais de Galicie, qui n'ont aucune
espèce d'enthousiasme pour la guerre et ne s'y intéressent
même pas.

Comme je l'ai dit plus haut, il court de nombreux récits
d'atrocités allemandes, mais, lorsqu'on va au fond des
choses, on ne trouve ordinairement rien de solide. Un colonel nous affirme, par exemple, que les Allemands mas-
sacrent de sang-froid les prisonniers. Ils ont ainsi, nous

dit-il, fait mettre en ligne dix-sept Cosaques, et, ceci fait, un officier allemand les tua tous, avec son revolver, les uns après les autres. Sur quoi reposait ce récit ? Sur le témoignage d'un Cosaque, qui prétendait avoir vu la chose d'un bois, à un mille de distance. Certains correspondants de notre groupe transcrivirent pourtant l'histoire tout au long, et elle paraîtra bien sûr comme un fait certain.

On entend couramment des histoires semblables. L'autre jour, c'était un petit tambour capturé, et littéralement percé de balles. Un homme du peuple l'avait appris d'un soldat, qui le tenait lui-même d'un témoin oculaire. Et ainsi de suite. Il est assurément difficile de remonter à l'origine de ces rumeurs, mais il convient, suivant moi et à moins de preuves indiscutables, de se montrer très réservé. Des rumeurs qu'on donne, sans vérification, comme des faits typiques, ne servent qu'à égarer le public et à exciter les soldats à des représailles. Représailles injustifiées, car, en toute sincérité, je crois ces histoires forgées de toutes pièces, neuf fois sur dix.

Les plaintes de la population roulent sur des sujets bien moins graves : indemnité insuffisante pour les logements occupés, désaccord sur le change des marks et des roubles, et autres faits du même genre. Que les habitants aient trouvé les Allemands arrogants et impérieux, la chose est indiscutable ; mais les ennemis ont apporté, en somme, dans leur occupation, toute la modération compatible avec la guerre.

CHAPITRE XVI

LES COMBATS AUTOUR D'IWANGOROD

———

Varsovie, 8 novembre 1914.

Un séjour de deux semaines en Pologne me fait apparaître les armées de la Russie moderne sous un jour tout nouveau. Entre les armées que nous vîmes en Mandchourie, il y a dix ans, et qui ne purent tenir contre la Garde japonaise, à la bataille du Yalu, entre ces armées, dis-je, et la grande machine de guerre qui vient de repousser, d'un effort réglé et sûr, les armées de l'Allemagne et de l'Autriche, la différence est énorme, sous le triple rapport de l'organisation, de la puissance et du moral. On vit jadis transformation semblable dans la guerre de Sécession : les nouvelles recrues du Nord se débandaient à Bull Run, en 1861, et, quatre ans plus tard, devenues des vétérans, elles recevaient, à Appomatox, la reddition de Lee.

Celui qui partage la vie des grandes armées en campagne en vient à regarder, comme le premier de tous, le côté pour ainsi dire matériel de l'entreprise. Le public ne juge le soldat et l'armée que par ce qui se passe sur le champ de bataille. Mais on s'aperçoit, à l'analyse, que le combat d'aujourd'hui n'est que le fruit de la préparation et des soins du passé. Une armée est comme un iceberg, dont les sept huitièmes sont toujours submergés. De même, les faits actuels ne sont que la résultante des immenses préparatifs qui y ont prélude. L'acte proprement dit de la bataille n'est que la cristallisation d'une matière en solution pendant les dernières décades. La nation qui n'a pas préparé cette solution ne voit rien cristalliser, lorsque l'heure sonne. Et le moment de l'action venu, elle s'aperçoit trop souvent que son édifice militaire ne repose que sur des sables, qui se désagrègent sous lui au premier choc. On peut comparer la bataille à une tempête : quand vient la tourmente et que souffle l'ouragan, la structure d'une armée — et celle de la nation — résiste ou s'effondre, suivant que les assises de sa préparation sont solides ou bien trop faibles.

Aussi faut-il considérer d'abord l'immense activité qui bout en arrière de la ligne de feu, car on peut juger par le spectacle qu'elle présente de ce qu'il adviendra sur le champ de bataille.

Je n'avais pas été mêlé, jusqu'à mon arrivée en Pologne, à la vie même de l'armée russe. Nous connaissions tous la puissance de l'armée allemande ; les coups terribles qu'elle a frappés ont donné sa mesure. Au contraire, exception faite de sa campagne de Galicie, on avait peu d'informations sur l'armée russe. Mais, dès le premier jour de notre arrivée en Pologne et de notre entrée dans la zone immédiate des opérations actives, nous avons été assez heureux pour nous faire une opinion sur la qualité des soldats du Tsar, — opinion devenue en deux jours une conviction. L'armée russe a subi, au cours des dix dernières années, une réorganisation complète, et elle roule aujourd'hui à grande vitesse, avec un élan et une puissance qu'ont de la peine à croire ceux qui la contemplèrent jadis dans les funestes plaines de Mandchourie.

La presse étrangère parle depuis des semaines de la lenteur de la Russie. Si celle-ci a été un peu longue à fournir son effort, cet effort n'en est pas moins certain ni puissant.

Patrouille de cosaques.

J'ai vu naguère en Extrême-Orient les convois d'une grande armée et ses services de l'arrière. Mais je n'ai jamais été témoin du spectacle que donnent tous les jours les grandes routes et les chemins de la Pologne. J'avoue même n'en avoir jamais rêvé de tel. On peut rouler en automobile, et couvrir 100 kilomètres, sans cesser de dépasser la file presque ininterrompue des convois, des caissons de munitions et de l'artillerie, qui s'en va vers le front. Encore les intervalles sont-ils occupés par la cavalerie ou par l'infanterie. Souvent les véhicules avancent deux de front, et il y en a des dizaines de mille. Et devant, derrière, au milieu des voitures, c'est toujours la foule grouillante des soldats, — de ces bons et tranquilles soldats du Tsar. Brigades, régiments, bataillons ou compagnies, défilent dans leurs capotes grises, la baïonnette toujours au bout du canon. Le tableau que l'on revoit le soir, c'est cette forêt de baïonnettes, et, sur ce fond, des kilomètres et des kilomètres de lourds caissons et de fourgons bruyants.

Le premier jour de votre arrivée sur la route dissipe toute hésitation. La Russie possède indiscutablement deux des principaux éléments de la guerre : l'organisation et les hommes. Je veux dire par organisation les moyens effectifs de transporter avec ordre et régularité les approvisionnements suffisants.

Mais ce n'est pas tout. « Une armée, disait Napoléon, est faite de facteurs matériels et de facteurs moraux, ces derniers trois fois plus importants que les autres. » Une armée pourvue de tout le nécessaire et du matériel le plus perfectionné, mais sans un bon moral, est comme une auto sans pétrole.

Cette question du moral ne se pose pas pour les Russes. Je signalai, il y a deux mois, de Petrograd, lors de mon arrivée, l'esprit nouveau de la Russie et le bon vouloir des troupes qui partaient pour la guerre. Je suis allé depuis au front, j'ai vu ces mêmes soldats, et par cent et par mille, sur les routes, dans les tranchées, dans les hôpitaux, et je suis sûr de n'avoir point exagéré l'esprit de la nouvelle Russie. Assurément, aucun de ces humbles, simples et tragiques pions du grand jeu de la guerre, ne désirait celle-ci, et tous, je suppose, aspirent à la voir finir. Mais ils la prennent, presque tous, avec philosophie. Souffrances, pertes, privations et blessures, ils acceptent tout comme un mal inévitable. Nulle part n'apparaît ce désespoir total qui se lisait en Mandchourie sur les visages. La note générale et caractéristique, c'est une acceptation généreuse des nécessités de la grande cause, grande cause que la plupart connaissent et comprennent fort bien.

Le soldat russe est, je crois bien, le plus philosophe individu du monde. Je l'ai vu dans les hôpitaux portant d'horribles blessures, la tête fracassée, amputé d'un bras ou d'une jambe. N'importe : s'il a la force d'articuer un mot, c'est le « nitchevo » traditionnel, l'équivalent russe de notre « qu'importe ».

Un coup d'œil jeté sur ces hommes, et sur le fonctionnement des services de l'arrière, fait comprendre les hauts faits que ces soldats accomplissent chaque jour sur le champ de bataille. Beaucoup des engagements les plus récents n'ont été, il est vrai, que de simples affaires d'arrière-garde, où l'ennemi ne résistait que juste assez longtemps pour faire prendre de l'avance à ses bagages. Mais, dans d'autres rencontres, il a dû aussi céder la place, sans en avoir la moindre envie.

Un des meilleurs exemples de ce dernier cas me paraît être l'ensemble des combats, désignés vaguement sous le nom de bataille d'Iwangorod. J'ai demandé, ces derniers jours, à beaucoup de gens, ce qu'ils en savaient. Tous semblaient les regarder, d'une façon générale, comme une importante victoire des Russes. Quelques-uns les disaient une simple affaire d'arrière-garde des Austro-Allemands. Mais bien peu semblaient en connaître quelques détails. Ces combats pourtant, dans toutes les guerres précédentes, auraient rempli des volumes des récits de leurs terribles corps-à-corps. Il n'est rien dans l'histoire militaire, à ma connaissance, sinon peut-être la bataille de Wilderness dans la guerre de Sécession, qui puisse en approcher. Et la bataille de Virginie n'était, sous le triple rapport des effectifs engagés, de la durée du combat et des pertes subies, qu'une simple escarmouche à côté de celle-ci. Cependant, après quelques semaines, on n'en connaît encore rien de précis, sinon qu'elle a eu lieu et que les Russes ont été vainqueurs.

Je n'entreprendrai pas de décrire le théâtre de ces combats, au point de vue militaire ou stratégique. Le champ des opérations actuelles est infiniment trop vaste pour tenter un historique de rencontres semblables. Je voudrais seulement en donner une très légère esquisse, pour faire comprendre la tâche qu'y accomplirent les soldats russes. Aucune des batailles de cette guerre, sur les deux fronts, n'a en effet, je crois, soumis à plus sévère épreuve la volonté, l'endurance et le courage des troupes.

Les Allemands, nous le savons, projetaient de s'emparer de Varsovie et d'Iwangorod, et de rester ensuite sur la défensive, pendant l'hiver, sur la ligne de la Vistule, avec ces deux villes comme points d'appui. Mais les Russes, partant d'Iwangorod, prirent l'offensive, passèrent la Vistule, et, après une lutte terrible, délogèrent Autrichiens et Allemands des positions très fortes qu'ils occupaient, près de la jolie petite ville de Kozienice. Cette ville est entourée pendant environ 16 kilomètres à l'ouest, et sur je ne sais quelle longueur au nord et au sud, d'une épaisse ceinture de forêts de sapins. Je l'appelle forêt, mais jungle serait plutôt le véritable terme, car les arbres sont si rapprochés et le sous-bois si dense, qu'on y voit à peine à 5 mètres. L'infanterie russe attaqua l'ennemi de flanc et de front, près de Kozienice, enleva brillamment ses positions et le

rejeta dans cette jungle. Le front ainsi emporté était lui-
même hérissé de canons, et j'en ai compté quarante-deux
sur une longueur d'environ 1 mille. La prise de cette ligne
montrait déjà la fougue des fils rustiques de la terre russe.

Mais ce n'était que le début. Dans le bois même, les effets
de l'artillerie russe se trouvaient forcément limités ; d'ailleurs,
la rareté des routes à travers la forêt et le terrain uniformé-
ment couvert rendaient son emploi presque impossible.
Ce fut en cette bauge sauvage que les Allemands se retirèrent et se fortifièrent. Les Russes y pénétrèrent à leur
suite, et la lutte s'étendit sur un front d'environ 20 kilomètres.

Dans cette lutte, aucune stratégie. L'ennemi occupait la
ceinture de bois ; il fallait l'en déloger, dût-on y mettre un
mois. Le carnage commença.

Jour après jour, les troupes russes s'engouffrèrent dans
le bois, labyrinthe inextricable où elles disparaissaient.
Compagnies, régiments, bataillons, brigades même se trouvaient séparés. Personne ne savait ce qui se passait à plus
de 100 mètres. La seule chose requise, et tous le savaient,
c'était d'avancer. Ils avancèrent donc pied à pied, des
semaines durant, combattant corps à corps, prenant, per-
dant et reprenant encore position sur position. Sur ces
10 kilomètres de forêt, j'ose affirmer qu'il ne se trouve pas
un acre sans tranchées, sans trous de tirailleurs et sans
tombes. Ici, dix hommes, dans un petit fortin, luttèrent
furieusement contre un ennemi tout proche, semblablement
retranché. On entendait jour et nuit, à des milles à la ronde,
le pétillement ininterrompu de la fusillade et le grondement de l'artillerie, dont les obus pleuvaient dans la
forêt. Le rôle de l'artillerie fut un peu accessoire, car l'épais-
seur du bois ne lui permettait pas d'atteindre un but
déterminé. Elle tira pourtant sans relâche, et la forêt semble,
pendant des milles, avoir été dévastée par un cyclone : partout des branches qui penchent, et des arbres qui chancellent

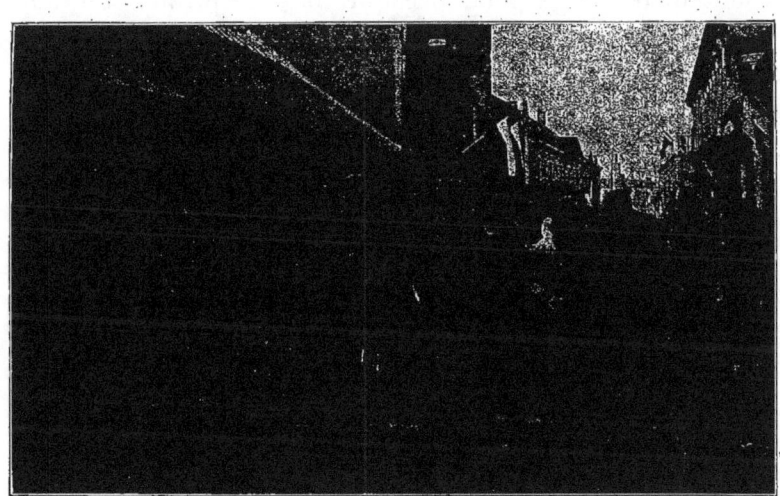

Les Russes à la Nice.

sur leurs troncs lacérés. Les Russes conquirent le terrain mètre par mètre. Mais plus la retraite de l'ennemi le rapprocha du pays découvert, à l'ouest du bois, et plus acharnée se fit la lutte. Chacun, en son for intérieur, devait se demander ce qu'il adviendrait de lui, quand, une fois chassés de la forêt protectrice, ses compagnons et lui devraient battre en retraite en terrain découvert et sans abri.

Aussi les deux derniers kilomètres de la ceinture de bois présentent-ils un aspect presque indescriptible. Le sol ressemble à celui d'un rallye, seulement la piste est faite de bandages sanglants et de lambeaux d'uniformes. L'artillerie, comme auparavant, ne joua qu'un rôle assez mince ; on se servit surtout du fusil et de la baïonnette. Les hommes combattirent corps à corps, avec les lourdes crosses et les pointes aiguës, d'arbre en arbre, de tranchée en tranchée. Et toujours, systématiquement, avec patience et stoïcisme, les Russes jetaient dans le bois des troupes fraîches.

L'issue était inévitable. Les Austro-Allemands ne pouvaient pas combler leurs pertes, comme leurs adversaires. L'armée russe, elle, voulait prendre ces bois, quand bien même le terrible dieu de carnage de la forêt aurait réclamé pour sa pâture tous les paysans de Russie. Aussi le jour vint enfin où les soldats du Tsar, couverts de fange, souillés de boue et de sang, délogèrent définitivement leurs adversaires de la contrée boisée. Quelle scène ce dut être, dans ce charmant coin de plaine, au carrefour que marque le pittoresque petit village d'Augustow.

Une fois sortis du bois, les canons impatients des Russes, après de si longs abois à l'aveugle et au hasard, dans les profondeurs de la forêt, trouvèrent enfin leur heure. Par chaque chemin du bois galopèrent les attelages à six, canons et caissons bondés de munitions bondissant et ferraillant par derrière. Les pièces se mirent en batterie sur la lisière de la forêt, et firent pleuvoir sur les infortunés ennemis s'éloignant en hâte à travers la plaine, la destruction et la mort.

La place où l'artillerie russe se déchaîna ainsi contre les Allemands, est un endroit qu'il faut se rappeler, — ou oublier, si l'on peut. Cadavres de chevaux, uniformes bleus d'Autriche, débris de voitures, trains d'artillerie culbutés, enfin jusqu'à des crânes ouverts et d'autres affreux débris d'humanité, voilà ce qui jonche chaque parcelle du sol. Le commandant russe me dit avoir fait enterrer 16.000 cadavres, autour de Kozienice, dans la forêt et les champs des environs. Et, autant que je pus m'en rendre compte, la tâche était encore loin d'être accomplie. Ceux qui sont tombés à ciel ouvert et le long de la route, ont reçu une sépulture décente, et la forêt de croix suit, 10 milles durant, cette voie sanglante. Mais des centaines et des centaines de cadavres gisent encore au fond du bois, à l'endroit même où ils sont tombés. 16.000 morts représentent au moins 70.000 morts et blessés, 35.000 de chaque côté au cas de pertes égales, — en ne tablant que sur les 16.000 cadavres retrouvés, et sans compter ceux qui restent encore dans les fourrés. Voilà pourtant une bataille dont on connaît à peine le nom, en Angleterre et aux États-Unis. Et cependant le total de ses pertes dépasse probablement l'effectif de toute l'armée que commandait Meade à Gettysburg. Si l'on veut se faire une idée de ce qu'est une semblable guerre, il n'y a qu'à errer sous les arbres, au milieu du dédale des trous de tirailleurs et des tranchées creusées par les soldats, comme ils se frayaient un passage ou couvraient désespérément leur retraite.

La bataille est terminée, et c'est une belle journée ensoleillée de fin d'automne, — un de ces beaux jours des étés indiens de la Nouvelle-Angleterre, où le printemps semble ressusciter. Partout règnent la paix et l'harmonie. Les chenilles, les scarabées rampent sur le sol, les insectes bourdonnent au soleil. Aucun bruit ne rompt le silence, sinon le doux murmure du vent, qui fait onduler la cime des arbres. A chaque pas pourtant, nous trébuchons sur un cadavre fixant de ses yeux sans regard le ciel bleu qui s'étend là-haut, sans un nuage. Ici s'est terminée de tragique façon l'histoire de bien des existences humaines. Les dépouilles terrestres des soldats tombés gisent là solitaires, privées des derniers soins d'une âme pieuse, et chacun de ces abandonnés a là-bas une épouse, une fiancée, une sœur, une mère, prête à sacrifier sa vie pour les pauvres restes qui pourrissent ici dans les bois. L'on réentend partout l'histoire de la bataille, et l'on revoit le dernier effort du mourant pour échapper à l'inévitable.

Celui qui a le courage de parcourir ce sépulcre, peut lire sur presque chaque cadavre le récit funèbre de ses derniers moments. Voici un Autrichien, à l'uniforme bleu. Un éclat d'obus lui avait fracassé la jambe. Il a déchiré sa culotte, et s'est vainement efforcé d'en faire des bandes pour comprimer sa blessure. Une large flaque de sang marque encore la place où se sont épuisées ses forces défaillantes, avec le reste de son sang. Plus loin un cadavre est étendu, la poitrine horriblement ouverte par une baïonnette ou par un obus. Ses mains sont raidies par le trépas, mais on voit quels furent leurs efforts frénétiques pour fermer la plaie affreuse, par où la vie s'est enfuie. Le sol est, à la lettre, imprégné de sang. Ce n'est plus là une vaine figure de rhétorique. On l'aperçoit, en gros caillots coagulés. Il a pénétré le sable et la terre de son ciment humain.

D'autres, au contraire, atteints au cœur ou à quelque point vital, reposent dans la paix et l'absolue sérénité. Ils gisent là comme endormis ; c'est le repos, la délivrance, que respirent seuls leurs visages. Mais ils sont rares, à côté des faces pâles ou couvertes de sang, où se lisent les terribles convulsions de l'agonie. Ce n'est là qu'un faible reflet de cet affreux spectacle. Il vous laisse un souvenir affreusement pénible, même quand on est parvenu à peu près à l'oublier.

Je me suis permis de retracer cette bataille d'Iwangorod, parce qu'elle montre bien la tâche qu'accomplissent en ce moment les Russes, et la résolution dont ils font preuve. Au milieu d'un pareil cataclysme, qui ébranle toute l'Europe, je me demande si l'univers (dans le sens large du mot, et abstraction faite des pays engagés dans la guerre) se rend un compte exact de l'étendue de la lutte qui se livre par ici, et de son acharnement. A cette heure même, se déroule autour de Cracovie une bataille tellement plus importante, et d'une échelle tellement plus vaste que celle des combats de Kozienice, que pour le lecteur, les rencontres que je viens de rappeler disparaîtront peut-être complètement, dans leur insignifiance relative. J'ai, pour ma part, abandonné depuis longtemps toute idée de rechercher les détails des combats actuels. Un seul d'entre eux couvre une telle arène, et présente des faces si multiples, que la simple étude du terrain réclamerait un temps considérable. Avant la conclusion d'une affaire, une autre, beaucoup plus importante, est déjà engagée. Tout ce qu'un correspondant de guerre peut ambitionner, c'est de noter jour par jour les résultats acquis, en signalant le mieux possible les faits principaux, et sans aborder aucun détail. Aussi les lignes qui précèdent ne sont aucunement un précis d'histoire militaire, ni un cours de stratégie. Elles ne visent, et ne visent uniquement qu'à montrer, sur un coin pouvant servir de type, l'aspect d'un champ de bataille.

Quant aux soldats, ils s'en vont d'un combat à un autre, d'une scène de carnage à une nouvelle. Ils voient leurs régiments se réduire à rien, leurs officiers décimés, les trois quarts de leurs camarades morts ou blessés. Cela ne les empêche pas de faire le cercle, chaque soir, autour de leurs bivouacs, sans en paraître troublés. Les rencontrez-vous sur la route, le lendemain d'une de ces luttes désespérées? Ils marchent gaiement, chantent, rient et plaisantent. Voilà le moral, et c'est lui qui remporte les victoires. Le

Canon russe en action.

soldat russe est partout le même, sur les centaines de milles du front. Celui que je viens de décrire est une unité, tirée à millions d'exemplaires. Il a pleine confiance en ses camarades, en ses officiers et dans la cause qu'il défend. Je crois que les Allemands auront bien du mal à les battre, ses frères et lui, et qu'ils finiront, tôt ou tard, par l'emporter. Le temps seul dira si mon opinion est la vraie.

CHAPITRE XVII

LE ROMANESQUE DE LA GUERRE

———

Petrograd, 21 novembre 1914.

Dans les premiers jours du mois d'août, l'Allemagne déclarait la guerre à la Russie. Le Kaiser, revêtu d'un resplendissant uniforme, haranguait ses Berlinois, du balcon de son palais. Des foules frénétiques, affolées, comme hystériques, acclamaient furieusement la guerre. Les passants jetaient leurs chapeaux en l'air, et s'embrassaient au hasard, comme à l'annonce d'un grand bonheur national. Berlin bouillait d'enthousiasme, et partout où il apparaissait dans sa puissante automobile conduite par son chauffeur galonné, le suprême seigneur de la guerre était accueilli par des vivats sans fin. Les journaux de la capitale annonçaient le départ triomphal de la garnison pour le front. Aucune ombre ne semblait obscurcir le tableau. Une campagne courte et glorieuse allait élever la Germanie au pinacle d'une puissance que jamais l'on n'eût osé rêver.

A Paris, c'étaient des scènes presque semblables. La France se livrait à une joie sans contrainte. Elle était venue, la guerre de rédemption ; il avait lui, le jour de vengeance attendu par toute une génération. Les canons sinistres et menaçants partaient, tout couverts de couronnes, de guirlandes de roses, sous lesquelles disparaissaient presque les gueules destinées aux seuls messages de mort. Les fantassins quittaient Paris, les oreilles encore tintantes des acclamations de la capitale. C'est ainsi que la France prenait son fardeau.

A Petrograd, le peuple, pour être plus tranquille, n'en était pas moins profondément remué. Trois cent mille Russes remplissaient la place qui s'étend devant le Palais d'Hiver, et chantaient à genoux leur hymne national. Le pas lourd des fantassins, le fracas des canons, ébranlaient la perspective Newsky. Hommes, femmes et enfants se disputaient les premières places pour voir défiler les soldats. Les cuivres sonores proclamaient la gloire de la Russie ; un délire d'enthousiasme accueillait les drapeaux flottants, orgueilleusement dressés par les porte-étendards.

A Vienne, l'opinion populaire approuvait le vieil empereur de la monarchie dualiste. En Serbie, au Japon, et jusque dans la flegmatique Angleterre, la guerre éveillait les mêmes ardeurs, soulevait les mêmes approbations. De chaque capitale venaient des photographies de foules « acclamant la guerre ». Les monarques, qui en assumaient la responsabilité directe ou indirecte, devinrent tous sur-le-champ des héros nationaux. Partout nous vîmes le même spectacle, partout nous entendîmes la même histoire : musiques bruyantes, foules enthousiastes, troupes acclamées, drapeaux claquant au vent, discours brûlants, déclarations enflammées. Ce fut la courte période où l'Europe entière se prosternait au temple du carnage. Devant l'autel, couvert de draperies et de guirlandes, du dieu farouche, les races diverses, fermant les yeux aux misères futures et comme prises d'un délire de joie, oubliaient à l'envi le prix de la guerre. Chacun n'apercevait plus de la guerre que son roman.

Il faut voir maintenant le revers du tableau.

I

Il y a en Galicie une ville magnifique, qu'on appelle Lemberg. Aucun de ses imposants monuments ne surpasse sa gare gigantesque. Ses lignes classiques, la symétrie de ses proportions, proclament la maîtrise de l'architecte qui l'éleva à la gloire de son maître impérial et royal, François-Joseph, dont le nom, inscrit en lettres d'or, surmonte la grande entrée. Tous les voyageurs qui ont parcouru la Galicie se rappellent le luxe de ce magnifique édifice. Montrons-le maintenant, tel que nous le vîmes il y a quelques semaines.

D'une douzaine de terre-pleins, un escalier de marbre descend à un tunnel, qui vous conduit dans la gare même. C'est le système d'Albany, la station centrale de New-York. Il faisait nuit, lorsque j'y passai. A la lumière tremblotante des lampes à arc, on distinguait des files sans fin de wagons-hôpitaux et de voitures de marchandises. Tous portaient une grande croix rouge tracée à la hâte. Dans toute la gare, on ne voyait rien d'autre, sauf un long train chargé de canons, dans leurs bâches de toile. Dehors, l'air de la nuit d'automne était pur et froid. On le respirait avec délices, et nous fîmes halte un instant, au haut de l'escalier d'où montait une atmosphère lourde, comme à l'entrée d'un puits de mine. La pesanteur de l'air était encore plus grande dans le tunnel transversal, mais le défilé des porteurs de civières le faisait oublier.

Arrêtés un moment par ce cortège lugubre, nous profitons d'un instant de répit pour nous glisser dans le grand hall, entre un brancard et deux hommes, qui portent un fardeau pesant : c'est une forme bleue, dont la tête retombe sur la poitrine, et dont les bras ballottent à l'abandon. On respire à peine dans la vaste salle. L'air est chargé de l'odeur composite et pénétrante de désinfectants, d'anesthésiants, de sang desséché et d'un parfum peu ragoûtant d'humanité. Mais le spectacle fait vite oublier cette première minute d'oppression. Le grand hall est si encombré de civières, qu'il faut chercher laborieusement sa route, en enjambant des formes silencieuses, — et combien lugubres ! — C'était alors le plein de la bataille sur le San et autour de

Przemysl, et les blessés arrivaient directement de la ligne de feu, encore revêtus de leurs rudes uniformes de campagne.

Toutes les formes d'horreur étaient réunies là, et l'inventeur des explosifs et des shrapnells aurait été fier de son succès. Ici un malheureux, le pantalon fendu de la ceinture à la cheville, tout emmailloté de bandages rouge sombre de la hanche au genou. Près de lui un géant, dont les pansements ensanglantés laissent voir un trou hideux, là où avait été jadis un visage. D'autres, les yeux ternes, jettent sur nous, et plus loin, dans le vide, un regard éteint, et leur respiration lente et difficile trahit quelque blessure mortelle. A l'autre bout du hall, une douzaine de globes électriques ont été établis à la hâte, dans le grand restaurant des 1ʳᵉˢ classes. Sur chacune des trois tables d'opération, gît, sous le scalpel adroit de l'opérateur, une grande forme à demi nue. Le visage du chirurgien est défait, mais sa main toujours ferme et sûre. Il se hâte au-dessus des civières qui attendent leur tour. Des monceaux de bandages sanglants remplissent bientôt les vastes paniers, et il s'y mêle parfois un pied ou une main humaine.

Traversons le hall, et entrons dans la salle d'attente. Les guichets des billets sont clos. On a enlevé les bancs pour faire de la place. C'est tout juste pourtant si l'on peut s'y tenir debout. Chaque pouce de sol que ne couvre pas un brancard est pris par un soldat. Il est encore valide, mais sa main, son bras ou sa tête réclame un nouveau pansement, au premier loisir du médecin. Il y avait pourtant neuf médecins dans la gare, trois dans chaque salle; mais dans toutes régnait le même encombrement.

L'organisation est pourtant excellente, et les Russes font des merveilles. Il a passé jusqu'à cette date par Lemberg, depuis le commencement de la guerre, et en y comprenant les Autrichiens (qui forment peut-être la majorité), plus de cent mille blessés. La nuit dont je parle, il en était arrivé d'un seul coup trois mille, des deux camps. C'est la première chute de l'avalanche qui se précipite du champ de bataille. Si l'on revient à la gare à l'aurore (et, pour ma part, je me suis trouvé dans ce lugubre monument presque à chaque heure du jour et de la nuit), il n'y reste plus personne. Seuls, des hommes de peine somnolents font place nette. Les médecins et les infirmières, épuisés par leur nuit de travail, sont partis ou vont partir. Quant aux blessés, si nombreux quelques heures auparavant, ils dorment déjà dans des lits bien propres. L'homme a donné à son semblable tout ce qu'il pouvait de soins, de sympathie et d'amour.

Où est donc le roman dans cette terrible chose qu'est la guerre? Sont-ce bien ceux-là mêmes qui, il y a un mois, quittaient Vienne et Berlin au son des fanfares, au bruit des vivats? Aujourd'hui, plus de cris enthousiastes. Les yeux naguère animés par l'excitation du départ et par les ovations patriotiques qui les envoyaient au combat, sont ternis par la souffrance, ou remplis d'appréhension. Et pourtant le sacrifice est nécessaire. Les Russes l'acceptent, pleins de confiance dans l'excellence de leur cause. Il fait partie de la tâche journalière. C'est « l'omelette » dont parlait Napoléon, et les œufs ne peuvent échapper à leur sort. L'équilibre européen doit être maintenu à tout prix.

II

Nous sommes maintenant en Pologne. La journée d'automne a été magnifique, et le soleil a disparu à l'ouest dans une immense gloire rouge. Le pays est charmant, coupé de grandes routes blanches plantées d'arbres, qui forment d'un village à l'autre de longues avenues. Assurément, de toutes les heures du jour, le crépuscule est bien le moment

suprême de la paix, de cette paix promise sur la terre aux
hommes de bonne volonté. Partout, dans la nature, la sérénité. Les derniers reflets du jour qui s'en va répandent le
calme et la tranquillité. Comment une poitrine humaine
peut-elle être animée d'un désir homicide ? A la nuit tombante, nous faisons halte sur la route, au milieu d'un petit
village. Ce matin encore, il était prospère. Dans la brume
du soir, silhouettes déjà vagues sur l'occident du ciel,
défilent, en cortège interminable, les teintes neutres des
uniformes russes. A peine si les baïonnettes scintillent
dans le reste de jour, et l'on distingue mal les visages tirés
des soldats. De temps en temps, leurs rangs s'écartent, et
des voitures de blessés s'en vont, cahotant, vers l'arrière.
Quelques-uns gémissent à mi-voix, d'autres, silencieux et
concentrés, étendus sur le dos dans les grossiers véhicules,
fixent sur le ciel des yeux sans regard.

On s'est battu dans le village aujourd'hui même. Les
Allemands, se retirant de Varsovie, y ont livré l'un de leurs
nombreux combats d'arrière-garde. Les Russes poussaient
de l'avant avec ardeur et serraient de trop près les convois
et les trains de munitions de l'ennemi. Aussi les Allemands
ont-ils jeté, pour un jour, sur la brèche, quelques régiments
choisis — de quoi arrêter le flot et faire filer leurs bagages.
Et, par malheur pour ce pauvre petit village, c'est ici qu'a
eu lieu le combat. Un officier, sur la colline qui s'élève à
l'est, à quelques kilomètres, a prononcé quelques ordres
brefs ; on a amené les avant-trains, mis en position les huit
pièces, relevé la distance à la hâte : dix minutes plus tard,
le village où s'abritent les troupes en retraite n'est plus que
décombres, et l'ennemi s'échelonne une fois de plus sur la
route de l'ouest, poursuivi par les shrapnells jusqu'au delà
des collines.

Les troupes qui défilent dans le crépuscule sont des
réserves. Elles suivent les premiers soldats russes,
passés, quelques heures plus tôt, sur les talons de l'ennemi

battu. Un peu plus loin, dans le bois, reposent les corps encore tièdes des Allemands qui, fidèles à la discipline, soumis aux ordres supérieurs, ont tenu jusqu'au bout sous un feu meurtrier, pour tomber à la fin sous les baïonnettes russes. Demain, les Russes les enseveliront pieusement, érigeront sur leurs tombes une croix surmontée d'une inscription respectueuse, et l'incident du bois sera clos. Quelques centaines de tués seulement. Qu'est-ce, dans une guerre où sont engagés des millions d'hommes ?

Nous l'oublions nous-mêmes, en retournant au village. Les simples, qui, jusqu'à hier, y avaient mené leur vie paisible, commencent à y revenir. Ils errent au hasard, affolés du bouleversement que quelques heures ont suffi à apporter.

Les murs de cette maison sont encore debout. L'entrée est intacte, mais la porte oscille sur ses gonds. Le cheval, éventré par un obus, est étendu la tête allongée sur le seuil. Dans la cour d'arrière, cinq à six vaches contemplent, pensives, un monceau de cendres, — ce qui reste de leur étable. Elles ruminent, étonnées, et attendent la venue de quelqu'un qui traira leurs mamelles gonflées. Personne ne viendra, j'en ai peur. La fermière, un poupon dans ses bras, est assise dans la cour sur une cuve retournée. Elle sanglote faiblement, et deux petits enfants s'accrochent à ses jupes. Et son mari ? Peut-être s'est-il trop attardé ; peut-être a-t-il cherché refuge dans le bois dévasté ? Cela aussi n'est qu'un incident dans la catastrophe, une goutte dans l'océan de calamités.

Dans la maison qui suit, moins de désespérance. La cheminée subsiste seule, mais l'on distingue du moins des signes de vie. Il y a du feu allumé dans l'âtre, et l'on voit s'agiter, dans sa lueur rouge, une robuste forme féminine. Elle prépare la pitance des trois petits enfants assis sur la marche extérieure. Un homme enlève les décombres avec un râteau. La famille sera bientôt rétablie. Tout parle de confiance et d'espoir. Pour ceux-ci, pas d'inquiétude.

Prisonniers autrichiens.

De l'autre côté de la rue, ce ne sont partout que des cendres. La destruction est complète. Un homme, debout sous un arbre, tient dans ses bras un enfant qui pleure. Ses yeux nous fixent, ternes et comme hébétés. La nuit se fait plus noire, et les détails des choses s'évanouissent peu à peu. La journée est finie, et nous regagnons le quartier, 3o kilomètres en arrière. Tout de suite, on nous y parle d'une autre rencontre importante. Rentrés au logis, nous nous couchons en hâte. Il nous faudra demain matin couvrir en auto 14o kilomètres, vers un autre point du front.

Ce que nous avons vu n'est que l'ordinaire. Les Allemands ont tenu bon, et les Russes les ont délogés. Rien là dedans que de fort légitime. Le village s'est trouvé là, et son sort était inévitable. Des milliers de ses semblables subiront le même destin, partout où passera la guerre.

Songeaient-elles à ces misères, les foules en délire de l'*Unter den Linden,* les multitudes enthousiastes du *Graben,* lorsqu'elles acclamaient la guerre et s'enivraient de sa gloire romanesque ?

III

Un dernier aspect de la guerre, et nous en aurons fini.

Il y a huit jours se livrait la bataille de Kielce. Jamais, probablement, le lecteur n'avait entendu prononcer le nom même de cette ville, et le combat qui s'y est livré était si accessoire dans ce vaste champ de carnage qu'est aujourd'hui l'Europe entière, qu'il a dû passer inaperçu en Angleterre ou en Amérique. Il aurait pourtant marqué dans toutes les guerres antérieures.

Le front s'étendait sur 20 kilomètres, et près de 100.000 hommes étaient engagés des deux côtés. Ce fut une affaire d'arrière-garde, qui ne dura que quelques heures. Les Allemands, comme d'ordinaire au cours de

cette retraite vers le sud-ouest, avaient laissé aux Autrichiens le soin d'assurer l'arrière-garde. Le centre autrichien
se trouvait à un village à 10 kilomètres est de Kielce.
C'était une position défensive idéale, couronnée par les
murs d'enceinte d'un cimetière et protégée sur les flancs
par des abris de tirailleurs, des tranchées et des batteries
dissimulées. L'ennemi se croyait certain d'y arrêter les
Russes plusieurs jours.

Mais l'élan des troupes, fruit de leur excellent moral
soutenu par une organisation parfaite, fut une vraie surprise, même pour nous qui sommes depuis un mois à
l'armée, et qui lui donnons toutes nos sympathies. Les
soldats du Tsar, excités par leurs victoires d'Iwangorod,
d'Augustow et de Radom, ne laissèrent pas se dérouler
lentement les opérations. La première vague d'offensive
enleva à la baïonnette la position centrale, dans une
attaque de nuit. Elle emporta le mur crénelé du cimetière,
comme les flots de l'Océan submergent, à la marée mon-
tante, les châteaux de sable élevés par les enfants sur le
rivage. Percée en son centre, menacée d'enveloppement sur
les ailes, la ligne allemande céda tout entière ; une fois de
plus, le flot russe se déversa sur l'ennemi en retraite,
comme l'eau se précipite dans le réservoir dont on tourne
la clef.

Les Russes étaient fiers, à bon droit, de ce brillant succès.
Aussi nous ont-ils conduits voir cette clef de la position.
C'est un gentil petit village, groupé autour d'un carrefour.
L'église en occupe le centre, et son enceinte de pierres
enferme un cimetière dont les mousses centenaires attestent
l'antiquité. Le roulement sourd des caissons rompait seul
le calme du matin. Ils s'en allaient au pas de leurs six
chevaux, en file sans fin, vers le sud-ouest, où l'artillerie
recommençait derechef à gronder. Les équipements autrichiens jonchaient littéralement le cimetière, parsemé de
flaques de sang et de bandages souillés, encombré de sacs

et de canons. Déjà, sous la direction des Russes, les paysans rassemblaient les morts. Partout, dans les champs d'alentour, ils ramassaient les cadavres, et, dans leurs chariots primitifs et grinçants, les apportaient au village. L'uniforme gris des Russes voisinait avec la tunique bleue des Autrichiens et les enfants couraient follement par les rues, considérant ce hideux spectacle et poussant des cris d'effroi et de curiosité. Sur les lisières du village, on creusait des tranchées profondes où l'on alignait les corps. Des paysans flegmatiques arrivaient à chaque instant, leurs charrettes remplies de cadavres déjà raidis, au regard fixe et farouche, aux membres rigides. Les voici sur l'herbe, en rang, comme des gueuses de fonte. Un Russe, une partie du visage emportée, jette, de l'œil vitreux qui lui reste, un regard horrible sur un beau jeune Autrichien à la face pâle et tranquille. La main de l'Autrichien, immobilisée par le coup mortel, se crispe encore sur son sein gauche, et le demi-sourire de sa bouche juvénile montre que lui, du moins, ne se vit pas mourir.

Un peu plus loin, au bord d'un carrefour, encore des corps amassés; ils sont déchirés par les obus, et c'est vraiment un spectacle affreux. Mais voici les fossoyeurs. Braves gens sans doute, ces villageois, mais d'une insensibilité surprenante. Ils commencent à dégager les morts et les entraînent vers la tombe. Détournons-nous pour éviter la vue de ces horreurs. Ce n'est encore là qu'un incident.

Prévoyaient-elles ce dénouement, les jeunes filles de Vienne, lorsqu'elles acclamaient ce superbe jeune homme, alors dans la fleur de son âge viril, et qui n'est plus qu'un cadavre sans tête? Comprenaient-elles, celles dont les mains mignonnes couronnaient de fleurs la gueule des canons, comprenaient-elles quelle œuvre de mort allait être celle de ces monstres d'acier? Où sont aujourd'hui les vivats, les fanfares, les étendards flottants, toute cette auréole romanesque de la guerre?

Sherman avait raison quand il disait, à Atlanta : « L'essence de la guerre est cruauté. » La guerre régulière, nous la contemplons tous les jours. Peut-être est-elle cruelle, mais c'est la guerre, la guerre génératrice des victoires et des empires. Elle confond l'imagination, renverse l'aspect des choses, mais il nous faut l'accepter — et l'oublier, si possible.

Passage de troupes.

CHAPITRE XVIII

VARSOVIE PENDANT LA SECONDE AVANCE

DES ALLEMANDS

Varsovie (Pologne), 15 décembre 1914.

Lorsque les Allemands battirent en retraite, au mois d'octobre, poursuivis par nos troupes jusqu'à Skierniewice, à l'ouest, et jusqu'à Kielce, au sud, nous étions nombreux à penser qu'ils abandonnaient définitivement la Pologne. Mais nous ignorions bien leur résolution d'y prolonger indéfiniment la partie. Je me trouvais à Kielce, comme je l'ai dit plus haut, le jour même de l'évacuation allemande, le 3 novembre, et de nombreux habitants me rapportèrent les dires des soldats allemands. Ceux-ci ne reculaient, disaient-ils, que parce que la chose les arrangeait mieux, et ils annonçaient leur retour en hiver, quand les routes et les rivières gelées leur rendraient la campagne plus facile. Mais j'avoue n'avoir regardé tout cela, au moment, que comme un conte débité par les officiers allemands à leurs hommes pour maintenir leur moral.

Les événements qui suivirent, et l'échelle beaucoup plus vaste de la seconde invasion allemande, nous forcent aujourd'hui à conclure que ces propos étaient véridiques. Ce que nous avions pris en octobre pour des combats acharnés, n'était guère en réalité qu'une simple reconnaissance. Au début de ce second mouvement, beaucoup, en Russie, ne le prirent que pour une démonstration, destinée à soulager la pression russe sur Cracovie, et à prévenir la menace persistante d'une invasion de la Silésie. Mais après l'abandon de Lodz par les Russes, et quand on apprit l'arrivée d'Allemagne de nombreux corps d'armée, nous commençâmes à comprendre que la Pologne allait être enfin, au moins pour quelques mois, le centre et la scène principale des opérations. La transformation des hostilités, sur le front occidental, en une vraie guerre de tranchées, sans changement possible au moins jusqu'au printemps, rendait la chose d'autant plus vraisemblable.

Les correspondants de guerre, réduits jusqu'alors à compter impatiemment les heures à Petrograd, commencèrent à en partir, tout doucement et un par un. Et, vers le milieu de décembre, le grand hall de l'hôtel Bristol, à Varsovie, était devenu le rendez-vous de tous les journalistes égarés en Russie. Le correspondant du *Daily Chronicle*, Perceval Gibbons, a comparé la Varsovie de 1914 au Bruxelles de 1815, et la comparaison ne manque point de justesse.

Ce magnifique hôtel, égal aux plus beaux d'Europe, est actuellement l'un des meilleurs centres d'informations. Au début des hostilités, les propriétaires songèrent un moment à le fermer, craignant l'absence de tout client. Mais au contraire, il a été difficile d'y trouver une chambre, depuis le début de la première invasion allemande, tant la ville est remplie d'officiers et de gens dont les affaires diverses touchent plus ou moins à la guerre. A peine si l'on voit maintenant, en une journée, un civil dans le grand hall luxueux, encombré, six mois plus tôt, par les bandes de touristes et de voyageurs en vacance. C'est un défilé incessant d'officiers de toutes les armes et de tous les corps. Des centaines de femmes et de parentes d'officiers sont aussi venues habiter à l'hôtel, depuis la transformation en guerre de position des hostilités à l'ouest de Varsovie. Aussi le coup d'œil du hall et des corridors est-il très animé et très brillant. Il faut un véritable effort pour se remémorer la proximité, à 50 kilomètres, d'un front où des centaines de mille hommes se rencontrent en un combat désespéré.

Mais le premier pas au dehors vous rappelle à la réalité. Du matin jusqu'au soir, la rue démontre à l'évidence que Varsovie est la base principale de l'énorme armée qui couvre la ville à l'ouest, et aussi la grande artère où coule le flot ininterrompu de ses convois. Jour et nuit et sans arrêt, l'interminable file des véhicules roule devant l'hôtel, en route pour le front. Canons et caissons par centaines parcourent lentement les voies publiques. Dix fois par jour on rencontre, cheminant par la ville, bataillons et régiments de formation nouvelle. Les hommes s'acheminent patiemment dans la neige vers les tranchées pour y jouer, eux aussi, leur rôle dans cette guerre gigantesque.

Malgré le voisinage du front, il est très difficile de savoir sérieusement ce qui s'y passe d'un jour à l'autre. Je crois avoir fait déjà quelques expériences, mais Varsovie est bien la patrie par excellence des fausses nouvelles ou des racontars. Chefoo détenait, dans la campagne de Mand-chourie, le record des inexactitudes ; mais il est totalement détrôné. Il n'y a pas, pour ainsi dire, de jour où quelqu'un ne vous apprenne, avec la plus entière conviction, que les Allemands ont brisé notre ligne, — qu'ils sont déjà à Blonie (à 25 kilomètres d'ici), — que l'évacuation de Varsovie est imminente, — et je ne sais quoi encore de terrible. La très nombreuse population juive a presque certainement, en grande majorité, des sympathies alle-mandes, et c'est elle, je crois, qui fait courir tous ces faux bruits. Mais les gens les mieux informés, et les plus sérieux, sont aussi le plus souvent dans l'erreur. Les nouvelles du front parviennent à l'hôtel en moins de vingt-quatre heures ;

il est pourtant presque impossible de les accorder, et d'en faire un tout complet. Les plus jeunes officiers causent volontiers, mais ils ne savent rien de la situation générale et ne peuvent vous dire que ce qui se passe dans le voisinage immédiat du lieu où ils se trouvaient. L'étendue du front est trop vaste, les détails trop innombrables ; aussi les récits d'un individu qui arrive du front ne vous apportent qu'un point de vue essentiellement étroit. Il n'a pas plus de vue d'ensemble que l'homme arrêté devant un mur. Quelques officiers ne savent même pas quels sont les corps qui les flanquent, et les généraux de rang inférieur n'ont qu'une idée fort vague des opérations qui se déroulent 15 kilomètres plus loin. Celui qui arrive d'un endroit où l'on s'est battu le jour même avec acharnement, ne peut évidemment connaître que les résultats acquis dans sa seule tranchée. Son bataillon a-t-il repoussé les Allemands, il annonce que ceux-ci ont fait, sur tout le front, une attaque générale. Et il croit, au fond de son cœur, que son régiment a été le centre de l'un des plus grands combats que le monde ait jamais vus.

La destruction complète d'un régiment ou même d'une brigade n'est qu'un épisode de la guerre. Mais comment le faire admettre à celui qui vient de sortir d'une rencontre où la moitié de ses camarades ont été tués ou blessés ? Comment pourrait-il comprendre qu'un engagement qui lui a paru quasi général n'a été en réalité, et relativement à l'ensemble, qu'une simple escarmouche ? Aussi, chaque jour, des hommes d'une valeur indiscutable et d'une sincérité absolue vous annoncent, soit de grandes victoires, soit de grandes défaites. Avec un aussi vaste champ d'opérations, il est presque impossible de se rendre compte de ce qui se passe, et peut-être l'État-major lui-même n'est-il qu'assez vaguement renseigné. Si l'on rapporte inexactement les faits du jour, que dire des renseignements d'ordre plus général ! Les pertes sont exagérées de cent pour cent.

Convois.

Une centaine de tués monte aisément à mille lorsque la nouvelle atteint Varsovie, et probablement plus haut encore lorsqu'elle arrive à Petrograd. Les Allemands amènent-ils un nouveau corps d'armée, on entend dire de suite qu'ils retirent du front ouest le gros de leurs troupes, et la majorité des soldats croient avoir en face d'eux la masse de l'armée allemande. Si les Prussiens avaient seulement par ici la moitié de l'effectif qu'on leur attribue, ils occuperaient depuis longtemps Varsovie et seraient déjà loin sur le chemin de Petrograd, si la capitale avait été leur objectif.

L'imagination se donne aussi libre carrière quant au nombre et à la grosseur de leurs canons. Un obus éclate-t-il près d'un infirmier de la Croix-Rouge ; c'est pour le moins, dit ce dernier, un projectile de 10 pouces (¹), et s'il en tombe plusieurs pareils, le bruit court ici le lendemain que la moitié des pièces allemandes sont du plus gros type. Les jeunes officiers russes même prennent plaisir à exagérer la puissance de l'artillerie ennemie. J'examinais l'autre jour avec l'un d'entre eux l'entonnoir creusé par un obus, et mon interlocuteur l'attribuait à un projectile de 42^{cm}. Il n'était pourtant certainement pas de plus de 4^{po} 7. On peut se figurer, par cet exemple, la difficulté qu'éprouve un journaliste pour coordonner les mille nouvelles de détail et pour en tirer une appréciation exacte de la situation générale. Reste-t-on à Varsovie, on court le risque de se voir absolument fourvoyé, et si l'on essaie de s'en aller au front, on n'a plus aucune perspective d'ensemble.

Il est néanmoins possible de connaître à peu près l'effectif des troupes qui traversent la ville et le nombre des blessés qu'on y ramène ; et, en se livrant à une recherche diligente, en s'adressant à diverses sources, on peut connaître la situation du front russe, — mais approximativement, — car cette situation varie d'un jour à l'autre. Les blessés ne

---

(1) Le pouce anglais est de 0^{m}025.

vous apprennent pas grand'chose ; à part ce dont ils ont été personnellement témoins, ils ne connaissent rien de l'ensemble ; beaucoup même ne savent pas au juste s'ils ont été vainqueurs ou vaincus.

Nous ne sommes pas encore officiellement reconnus comme correspondants de guerre, mais on nous laisse circuler individuellement et pour notre propre compte. Le front est si proche, et tant d'autos de la Croix-Rouge sortent quotidiennement de la ville, qu'on peut très facilement, tous les deux ou trois jours, aller jeter un coup d'œil au dehors. C'est assurément une façon des plus confortables de suivre la guerre : on passe de vieux habits, on reste la journée au front, et l'on revient à temps pour se rapproprier et dîner dans un restaurant à la mode.

Les positions occupées par les troupes sont si près de la ville, que beaucoup d'officiers y viennent de temps en temps faire un tour. Le nombre de ceux qu'on rencontre à Varsovie est pourtant faible, par rapport à l'importance de l'armée. Les règles sont d'ailleurs très rigoureuses, et malheur à ceux qui ne sont pas munis d'une permission régulière et qui ne satisfont pas au contrôle exercé partout régulièrement deux fois par jour.

CHAPITRE XIX

UNE ATTAQUE DE NUIT PAR LA NEIGE

———

Gusow (Pologne), 6 janvier 1915.

Il a disparu pour toujours le bon vieux temps de jadis, où le correspondant de guerre, libre de ses actes et posté sur un point culminant, voyait avancer les fantassins, galoper les cavaliers, et où ses jumelles lui montraient la bataille se déroulant sous ses yeux. Aurait-il aujourd'hui liberté complète d'aller et venir à sa guise, il n'en verrait pas davantage des événements, dont le lecteur, en son logis, attend le récit avec impatience. La Pologne est une vaste plaine, en cette région tout au moins. Aussi, l'on a beau se trouver presque dans la bagarre, on ne voit rien, à moins d'être en ballon ou en aéroplane. Que l'on puisse être à 1.000 ou 1.500 mètres au plus d'une attaque, sans pourtant presque rien en distinguer, sinon les nuages de fumée des obus, la chose peut sembler incroyable. C'est cependant la stricte vérité, même en plein jour, bien plus encore pendant la nuit.

J'ai eu, la nuit dernière, l'occasion de me trouver au cœur d'une action semblable. Granville Fortescue, le correspondant du *Daily Telegraph,* et moi, nous avions accepté l'invitation d'un gentleman de la Croix-Rouge, qui nous offrait d'aller inspecter, autour de Varsovie, certains des hôpitaux de campagne dont il s'occupe. Suivre de Varsovie la

marche générale des événements devient à la longue quelque peu fastidieux. Aussi nous acceptâmes avec enthousiasme, et nous nous trouvions, vers les 8 heures du soir,
la veille de la Noël russe, en train de terminer un léger
repas dans une petite chambre de l'un des hôpitaux improvisés. De l'autre côté du vestibule, quelques infirmières,
surmontant leur fatigue, balayaient la salle d'opérations et
ramassaient dans une grande corbeille les bandages sanglants. On venait de panser les derniers blessés du jour et
de les étendre sur la paille, dans un vaste hangar, à quelques pas plus loin. Ils devaient y passer la nuit, avant d'être
ramenés le lendemain dans l'un des hôpitaux de Varsovie.

« Ferons-nous une visite aux positions des troupes ? »
interrogea notre ami de la Croix-Rouge. Nous avions,
depuis une semaine, Fortescue et moi, le désir d'aller dans
les tranchées de première ligne voir de nos yeux les soldats,
et cette nuit, la veille de la Noël russe, semblait un moment particulièrement heureux. Il neigeait lorsque nous
sortîmes. Ce n'était pas la tempête de neige furieuse et
terrible, mais cette sorte de neige tranquille, calme et
silencieuse, qui tombe et s'amoncelle sans répit pendant des
heures, pour laisser au matin sur toute chose une épaisse
couverture blanche. Notre ami s'était procuré une carriole
et un mauvais cheval. Nous grimpons dans le véhicule, et,
poussant à l'ouest, nous sortons du village. La nuit était
calme et paisible, comme celle des cartes de Christmas. Pas
un bruit ne venait du front, pour rompre le silence. Une fois
sur la grande route, c'est tout de suite la file interminable
des convois qui, jour et nuit, encombrent les routes et
chemins. Des caissons d'artillerie apportent des shrapnells,
cadeaux de Noël pour les Allemands, et s'en vont lentement,
en un long chapelet, sous la neige qui tombe. Les conducteurs épuisés sommeillent sur leurs selles, les servants
sont couchés en travers sur les avant-trains, et l'on voit
ballotter leurs pieds qui dépassent. Le convoi semble

avancer tout seul dans la nuit, car la moitié des conducteurs sont assoupis.

Pendant plus d'une heure, nous roulons sous les grands arbres, qui jalonnent de leurs rangées presque toutes les grandes artères de la contrée. Puis, nous tournons à travers champ, et nous zigzaguons une autre demi-heure. Le chemin paraît assez familier à notre conducteur, mais nous nous sentons aussi perdus que le marin dans le brouillard de Terre-Neuve. Enfin, après deux heures de route, nous escaladons la berge d'un petit cours d'eau. Notre guide reconnaît le gué, à la lueur d'une lampe de poche. Nous y entrons, et nous y restons. Il régnait un silence de mort, rompu seulement par le son de nos voix et le doux murmure de l'eau paisible, et la neige tombait toujours, nous recouvrant de son manteau blanc. Il fallait sortir de là, et nous excitions notre patiente petite bête pour un dernier coup de collier, lorsqu'un grondement lointain se fait entendre vers l'ouest. Puis, longtemps après, un autre, un autre, encore un autre. « Ah ! dit notre guide, les canons allemands. Nous arrivons bien. Peut-être vont-ils faire une attaque. »

Il parlait encore qu'une rapide lueur rouge perce le voile de neige, sur notre gauche, et, un peu plus loin dans la nuit, on entend le bruit sec et coupant d'un canon de campagne. « Bang, bang, bang, » font à l'unisson deux ou trois de ses frères. Presque au même instant, une seconde batterie entre en action, à notre droite, et les détonations se suivent de si près que l'air en est tout ébranlé. Notre petit cheval, excité par la canonnade, fait un suprême effort, et nous voilà du coup sur l'autre rive. Nous venions d'y arriver, quand surgit derrière nous un éclair semblable à la foudre, et un fracas terrible nous assourdit. Une de nos batteries lourdes, à 1 mille ou 2 sur l'arrière, vient de lancer un obus de 6 pouces. Le projectile rugit au-dessus de nos têtes, son gémissement lugubre s'évanouit peu à peu dans la distance, et c'est soudain, très loin, là-bas, le tonnerre de son explosion. L'instant d'après, la canonnade est générale. Les détonations, la lueur des explosions, le sifflement des obus, rompent et déchirent le silence de la nuit. L'artillerie de campagne allemande se déchaîne à son tour, et les éclairs rapides et bizarres de ses shrapnells éclatant en l'air nous montrent, très distincte, la place de nos tranchées.

Nous sautons dans notre carriole, et filons vers le front en hâte. On n'entend d'abord pendant dix minutes que le vacarme de la canonnade ; puis, c'est, ponctuant le grand tumulte, le craquement plus faible et plus sec d'un coup de fusil, suivi d'une multitude d'autres. On dirait l'explosion d'un millier de pétards, jetés d'un seul coup dans le feu. L'artillerie redouble son tir, et une mitrailleuse entre en action à droite, suivie d'une seconde, juste devant nous, et de toute une série sur la gauche. Impossible de rien distinguer dans cette confusion générale. Les éclairs des canons, les lueurs des explosions produisaient dans la nuit comme une clarté lunaire, et nous distinguions nettement le ruban de la route, qui filait devant nous.

Nous laissons là carriole et poney tranquilles, et nous voilà partis à pied du côté des tranchées. Après quelques minutes de marche à travers champs, nous longeons la lisière d'un petit bois de pins. La neige était épaisse sur le sol, et il fallait veiller soigneusement, pour éviter les trous cachés. Autour de nous, et sur nos têtes, la fusillade pétillait toujours, la canonnade grondait sans s'arrêter, et les obus continuaient à gémir. Après une demi-heure de route fort pénible et beaucoup de faux pas, nous finissons par nous arrêter. L'attaque se prolongeait encore, à 1 kilomètre en avant. Des fusées partaient des lignes allemandes, et montaient très, très haut, pour éclater enfin avec une grande lueur blanche, que la neige tombante ne nous empêchait pas d'apercevoir. Il y avait aussi quelque part un projecteur, et son immense bras ne cessait de parcourir le ciel. Mais notre guide jugeait impossible d'arriver aux tranchées, au milieu du combat, et il n'était pas sûr, je crois, de son chemin dans la nuit. Aussi, après une courte halte, nous revînmes sur nos pas, et, une demi-heure plus tard, nous étions de retour à l'ambulance.

Chaque soldat, on le sait, a sur lui sa boîte de pansement. Est-il atteint par malheur, il s'efforce, avec l'aide de ses camarades et du major de son bataillon, de se panser lui-même, avant de quitter la tranchée. Puis, il regagne l'ambulance de campagne où on lui donne les premiers soins, avant de l'évacuer sur un hôpital. L'ambulance de Gusow a même une table d'opération, et tout le matériel de chirurgie nécessaire en cas d'urgence.

Lorsque, après un retour pénible, sous la neige qui tombait toujours, nous parvînmes aux baraquements, les premiers blessés y arrivaient déjà. Une demi-douzaine de véhicules, recouverts de toile, comme les antiques chariots de la prairie américaine, étaient arrêtés devant la porte, et des soldats engourdis par le sommeil transportaient les blessés dans le petit bâtiment. A l'intérieur, les robustes fils de la terre russe, tout couverts de fange humide, attendaient patiemment leur tour de pansement, sous la terne lumière d'une lampe à huile. Et du dehors arrivait toujours le vacarme incessant, qui célébrait la veille de Noël, du jour de la « paix sur la terre aux hommes de bonne volonté ».

Il était impossible d'aller sur le front, cette nuit-là. La chose fut bientôt évidente. Aussi, un peu après minuit, nous reprîmes dans notre carriole la route de Gusow. Peu après notre départ, le feu diminua d'intensité, et puis, graduellement, cessa tout à fait, sauf de temps en temps le craquement sec d'une pièce de campagne, ou la détonation bruyante d'un obusier lourd, qui refusait de se taire, comme ces gros chiens qui, au lieu d'aller dormir, aboient, aboient encore longuement dans la nuit.

Nous avions pris, pour nous en retourner, une nouvelle

route ; aussi fûmes-nous bientôt tout à fait égarés. Nous pataugions à travers champs, à 1 mille environ du front, et nous arrivâmes soudain, derrière une haie, sur les sections de munitions des batteries qui venaient de donner. Les Russes tiennent toujours prêts leurs premiers caissons de réserve, et les chevaux restent attelés, tout harnachés, en deux équipes de jour et de nuit. Il y avait là, derrière la haie, une quinzaine de caissons, avec autant d'attelages à six chevaux. Les petites bêtes rustiques étaient immobiles, leurs têtes fines penchées très bas, les oreilles pointées en avant, et semblaient s'arranger fort bien de la neige. Les artilleurs sommeillaient aussi, à l'abri des caissons. Tous, chevaux et hommes, étaient couverts d'un bon pouce de neige, qui ne paraissait point les incommoder. On ne s'émeut guère sur le front. Les batteries russes, à moins de 1 mille, étaient vigoureusement engagées ; à 2 milles environ, les hommes mouraient et s'entretuaient les uns les autres. Nos gens n'en faisaient pas moins un bon somme.

A 3 heures, nous rentrions à Gusow, et notre hôte nous donnait des lits dans une grande salle, déjà remplie de soldats qui avaient, beaucoup plus que nous, besoin de repos et de sommeil.

Ainsi se passa, la veille de Noël, un des mille incidents inconnus de la guerre. L'histoire l'appellera l'échec d'une attaque allemande, — fait banal, qui se renouvelle au moins une fois, et quelquefois deux et trois fois, par vingt-quatre heures.

Occupation de Kielce par les Russes.

CHAPITRE XX

UNE VISITE AUX TRANCHÉES

———

Daté de....., à l'ouest de Varsovie,
10 janvier 1915.

La vie est rude pour les journalistes qui essaient de voir
les choses de leurs yeux. Il n'est pas aisé de pousser à
l'ouest de Varsovie, et plus on approche du front, plus la
difficulté augmente. Je me demandais, une fois de plus,
comment faire pour y réussir sans connaître un mot de
russe, lorsque m'arriva un télégramme du grand État-major.
On m'accordait une place temporaire, à la suite d'un groupe
de généraux venus du quartier général sous la conduite d'un
colonel d'état-major, visiter les positions devant Varsovie.
Le voyage m'était ainsi rendu facile, et les trois jours qui
suivirent furent pour moi les plus agréables depuis mon
arrivée en Russie.

Le groupe en question, très restreint, ne comprenait que
le général Sir Hanbury Williams, le colonel marquis de La
Guiche, attaché militaire français à Petrograd, et le général
Oba, représentant l'armée japonaise. Ils avaient pour guide
le colonel Moucanoff, aide de camp du grand-duc. Un train
spécial nous amena de Varsovie à l'état-major du général
qui commande le groupe d'armées de la région. Le nom de
ce général est bien connu à Londres, mais je n'ai pas la
permission de l'écrire. Nous le trouvâmes établi, avec ses

officiers, dans ce qui avait été jadis un sanatorium de femmes. Le grand hall ensoleillé, où les dames se racontaient,
en travaillant, la chronique du jour, est transformé en
bureau de télégraphe et de téléphone. Chaque jour, on y
élucide et l'on y prépare les mille détails des opérations
d'une gigantesque armée. De grandes cartes, où les forêts
apparaissent en vert, indiquent l'emplacement actuel de
chaque régiment et de chaque brigade, et leur nombre est,
vous le pensez bien, considérable.

Après une courte visite de politesse au général et à son
état-major, nous avons continué vers l'ouest, dans deux
grandes autos militaires peintes en gris, jusqu'au siège d'un
corps d'armée, dont je ne puis donner le numéro. Nos deux
automobiles, du type le plus puissant, étaient conduites par
des Sibériens coiffés d'un énorme bonnet de laine noire. Le
temps était mauvais et les routes horribles, mais nous fen-
dions la boue comme le briseur de glaces qui s'ouvre un
chenal vers un port bloqué. Vers 1ʰ 30 de l'après-midi, nous
traversons un village, et, à la sortie, nous tournons dans
l'avenue d'une belle résidence estivale. C'est là qu'est établi
le commandant du corps d'armée.

Le général nous accueille à la porte, et, après l'échange
de saluts et le cliquetis d'éperons habituel, on nous intro-
duit dans une maison vraiment charmante. Le télégraphe
est installé dans le grand hall d'entrée, et des soldats, des
estafettes, couverts de boue, y attendent les ordres. La
vieille bibliothèque est très belle, avec son parquet de
chêne, ses boiseries admirables, et ses rayons chargés de
livres en toutes langues; c'est la salle à manger du général.
Le reste de la maison est, comme de juste, rempli d'officiers
et de soldats, et l'on entend le pas lourd de leurs bottes
éperonnées sur des parquets qui furent jadis brillants.

Le dîner du général est vraiment royal. A peine est-il
fini, nous sortons dans le beau jardin, aux arbres chargés
de neige; nous montons à cheval avec le chef d'état-major.

et nous voilà en route pour le front. Trois Cosaques chevauchent en tête, et cinquante, derrière nous, nous font une
garde d'honneur. Après une heure de marche, nous faisons
halte au quartier général de la brigade. Il a son siège dans
une villa, moins somptueuse naturellement que la précédente.

Il s'agit maintenant d'arriver aux tranchées. Le pays
est absolument plat, et il est très difficile de gagner les
positions avancées sans s'attirer le feu de l'ennemi. Le
chemin des tranchées où nous voulons aller passe, pendant
2 milles, en vue directe de la ligne allemande. Aussi nous
mettons pied à terre, et nous restons à prendre le thé, en
attendant l'obscurité. Grâce au mauvais temps, notre
attente n'est pas bien longue, et nous repartons avant la
nuit complète, un peu après 4 heures. Nous ne sommes
maintenant pas loin du front, et on entend à chaque instant,
tantôt d'un côté, puis d'un autre, le grondement sourd de
la canonnade.

Nous chevauchions depuis trois quarts d'heure, quand le
chef d'état-major quitte soudain la route et s'engage dans
un petit sentier à travers bois. Nous débouchons bientôt
dans une clairière; elle nous paraît d'abord déserte, mais
nous finissons pourtant par découvrir à l'extrémité une
batterie lourde, habilement dissimulée. Le commandant
nous offre obligeamment d'envoyer dans les lignes allemandes quelques obus en notre honneur. Mais il fait déjà
noir, et nous désirons visiter les tranchées. Aussi nous
déclinons sa proposition, et continuons notre tournée.
Nouvelle halte au quartier régimentaire, et courte conversation avec le colonel. Puis nous poussons jusqu'à la lisière
d'un petit bois, nous mettons pied à terre et nous continuons à pied. Devant nous pétille maintenant le bruit sec
et coupant de la fusillade. Notre guide, malgré son haut
grade, semble connaître chaque pouce du terrain. Il nous
recommande d'avancer un à un et non en groupe, et nous

conduit à travers bois avec la sûreté de l'Indien qui suit une piste au fond de la forêt.

A la fin, par un brusque détour, nous arrivons sur la ligne des tranchées de réserve. Les soldats sont assis ou accroupis çà et là dans leurs abris improvisés, et ils se restaurent avec le calme le plus parfait. Nous entrons dans les boyaux et parcourons pendant un quart d'heure un vrai dédale de tranchées enchevêtrées, pour en sortir enfin sur la première ligne même. Le front suit ici la Rawka, et les tranchées bordent la rive, de ce côté du fleuve. Des bois épais la couronnent et constituent la position russe. J'ai vu dans ma vie bien des tranchées, mais aucune, je crois, mieux établie ni plus confortable. Celles de première ligne sont très profondes, 8 ou 10 pieds ([1]) par endroits, et des boyaux nombreux les relient par derrière aux tranchées de réserve. Celles-ci sont éloignées de 100 ou 200 mètres, et le gros des troupes y séjourne. Les hommes y sont bien à couvert et il y a des abris partout.

Une tranchée n'est pas, assurément, le lieu idéal pour y passer l'hiver; et cependant, quand elle est bien faite, elle présente beaucoup plus de confort qu'on ne pourrait se l'imaginer. Ici, les quartiers des officiers sont creusés dans le sol et très bien installés. Le major qui commande le bataillon occupe, à 10 ou 15 pieds sous terre, une chambre de 15 pieds sur 10, où l'on descend, par un escalier, de la tranchée principale. Des sofas, des tableaux aux murs de terre, une table pour écrire où brillait gaiement une petite lampe, tout cela donnait à l'endroit comme un aspect de « home », fort inattendu sur la ligne même du front. Des bûches de 6 pouces de diamètre, recouvertes de 5 pieds de terre, formaient la toiture. Dans un coin, se trouvait un téléphone relié directement au quartier général. Pour troubler sérieusement les habitants, il ne

---

([1]) Le pied anglais mesure environ 30 centimètres.

Villageois cherchant leurs biens parmi les ruines de leurs maisons.

faudrait rien moins qu'un obus du plus gros calibre, qui viendrait éclater juste au-dessus.

Nous quittons le domaine du major, et nous arrivons bientôt dans la tranchée la plus proche des Allemands. Elle contenait de très nombreux canons enterrés dans le sol, et dont on n'apercevait que la bouche. Les soldats qui se tiennent dans les tranchées de réserve accourent sur cette première ligne, au premier bruit d'une attaque. Les tranchées allemandes sont, sur ce point, à 250 mètres environ. Mais la nuit, la distance qui sépare les adversaires n'est guère de plus de 100 mètres, car les deux partis poussent à l'envi des patrouilles jusqu'à la berge de la rivière. A notre arrivée, ces patrouilles commençaient à s'avancer, à la faveur de la nuit devenue maintenant très noire, et c'était le début de ce « crac, crac, crac », continuel et saccadé, que l'on entend la nuit sur toute la ligne du front.

Les soldats russes étaient bien vêtus, bien nourris, et leur moral semblait de tous points excellent. Les boyaux qui relient les tranchées de seconde et de première ligne permettent de relever fréquemment les occupants de ces dernières. Quant aux tranchées de seconde ligne, elles étaient bien abritées, et aussi confortables que possible. Elles contenaient bien, à mon estimation personnelle, et dans la mesure où l'obscurité permettait de s'en assurer, les deux tiers des effectifs, et les soldats qui s'y trouvent se reposent de la tension nerveuse qui découle d'une fusillade et d'un bombardement incessants. Le moindre mouvement nocturne des Allemands est signalé par les patrouilles. Bien avant que l'ennemi soit vraiment en marche, la première tranchée fait feu de ses fusils et de ses mitrailleuses par tous ses créneaux; et les réserves arrivent par les boyaux, avant que l'attaque se soit développée. Lorsqu'elle devient vraiment pressante, elle trouve devant elle les Russes au grand complet. Les Russes n'eurent jamais en Pologne, je crois pouvoir l'affirmer, position défensive plus forte que cette

ligne de la Bzura. S'ils l'abandonnent un jour, ce ne sera
point à la suite d'une attaque de front victorieuse, mais par
quelque considération stratégique.

Nous quittons les tranchées par les mêmes boyaux qu'à
l'aller, et, dans le bois, où nous l'avions laissée quelques
heures plus tôt, nous retrouvons notre escorte cosaque,
qui tient en mains nos chevaux sellés. Nous prenons pour
le retour une nouvelle route dans un bois de sapins
magnifiques. Un Cosaque ouvre la marche, une lanterne à
la main. Comme nous chevauchions dans la nuit, l'équipe-
ment varié de nos Cosaques tintant en mesure sur leur dos,
le général Williams me confia que la scène lui rappelait
l'Ouest du Canada, et nous nous découvrîmes, à notre
surprise commune, également familiers avec cet immense
empire du Canada Occidental, qui s'étend jusqu'aux contre-
forts des Montagnes Rocheuses.

La soirée était fort avancée lorsque notre petite caval-
cade rentra dans l'avenue du quartier général. La neige
tombait, et nous étions mouillés, glacés et raides, en mettant
pied à terre pour laisser nos montures aux soins des
Cosaques. De l'intérieur de la villa, nous vinrent de la
lumière et des acclamations nourries, et, comme nous entrions, une musique militaire, postée tout au fond du hall,
nous accueillit au son bruyant de tous ses cuivres et joua
tour à tour les hymnes nationaux des nations alliées, en
commençant par le nôtre.

Un souper somptueux suivit, et l'on nous conduisit
ensuite dans le grand salon aux meubles magnifiques, où
l'on avait dressé pour nous des lits de camp. Cette vie constante dans les maisons des autres, au milieu de tous leurs
objets et de leurs souvenirs personnels, me cause toujours
une étrange impression. On voyait, sur la table, dans un
grand cadre d'or, la photographie d'une fête de mariage.
Une fiancée charmante, entourée de ses amies, était assise,
au grand soleil, sur le perron d'entrée. C'était au printemps,

et des fleurs encadraient partout la véranda, gardée aujourd'hui par deux robustes sentinelles russes, baïonnette
au canon. Je considérais ce tableau, oubliant pour un instant
la guerre. Où pouvaient bien être à cette heure toutes ces
belles dames, au doux visage ? Soudain, les vitres trem-
blent. Un gros canon, non loin d'ici, vient de faire entendre
son « boom » retentissant. Et le vacarme recommence :
« Boom, boom, boom. »

« Les voilà repartis », dit le général, en tirant ses bottes.
« Couchons-nous, il est tard. »

CHAPITRE XXI

L'INSPECTION

DU FRONT DEVANT VARSOVIE

Varsovie (Pologne), 12 janvier 1915.

Lorsqu'on a couvert, sur le sol de Pologne, un fort joli total de kilomètres à cheval, et des centaines en automobile, on en arrive à regarder ce qu'on appelle « le front » comme une sorte d'abstraction. Le pays est presque plat, avec de grands bouquets de futaie, et il est vraiment fait pour que l'on s'y perde. Dans la plaine, aucun point de repère ; quant aux bois, on peut y errer pendant des heures, à quelques milles à peine de la ligne de feu, sans y voir guère plus de traces de la guerre qu'au cœur de la Colombie Britannique. Et pourtant, par endroits, tout y respire la guerre. Il serait peut-être possible de parvenir à voir la moitié des batteries et des positions, en circulant sans cesse en auto, et en y consacrant tout un mois de voyage, sans un jour de repos. Mais je doute que la chose soit faisable en aussi peu de temps. Aussi, un tour d'inspection sur le front, c'est le grain pris comme échantillon dans un wagon de blé. Mettons les choses au mieux : ce n'est

Auto embourbée.

qu'un aspect de la situation sur un point donné. Ce n'est donc que par la visite de points divers et distants les uns des autres, et qui servent alors de types, que l'on peut se faire une vague idée de ce qu'est vraiment la guerre.

On a donné au petit groupe de généraux que j'ai le privilège d'accompagner toute facilité de parcourir ces endroits types. Aussi, en décrivant ce que nous avons vu, je crois pouvoir montrer au lecteur la situation, d'une façon aussi précise que peut l'apercevoir aucun particulier, en une tournée de quelques jours.

Nous avions passé la nuit, comme je l'ai dit un peu plus haut, au quartier général du corps d'armée. Je ne sais pas le nom de son chef d'état-major, et le connaîtrais-je, je ne serais pas d'ailleurs autorisé à l'écrire. Tout ce que je puis dire, c'est que c'est l'un des hommes les plus capables que j'ai eu l'occasion de rencontrer en Russie. Ce magnifique soldat nous consacra toute sa journée, et, sous sa direction, nous étions debout et déjà loin à 9 heures du matin, départ matinal en cette contrée. Nous roulions dans nos grandes autos grises, par la plaine fertile de Pologne, qui tend par ici à s'onduler un peu. Le pays rappelle beaucoup la vallée du Fleuve Rouge, dans le Nord Dakota, à l'endroit où elle commence à s'incliner vers l'ouest; seulement, nous avons ici de grands bouquets de bois, qui n'existent pas dans le Nord Dakota.

Pendant une heure ou deux, nous fendons les amas de boue et traversons villages sur villages, aux noms polonais difficiles à écrire et impossibles à prononcer. Les gens du pays le font pourtant sans difficulté apparente, mais un étranger ne peut y arriver. Nous roulons, la plupart du temps, derrière les lignes, et, toute la matinée, nous n'avons pas cessé d'entendre, de temps à autre, le grondement sourd d'un gros canon. Les routes sont, comme d'habitude, encombrées de caissons et de convois, de colonnes de troupes et de batteries d'artillerie. Un peu

avant midi, nos autos passent devant un factionnaire, et
s'engagent dans une belle avenue. Elle conduit à l'une de
ces charmantes villas d'été polonaises, qui feraient envie
à tout millionnaire. Les arbres sont couverts de neige,
et nous nous arrêtons au bout de l'avenue, devant une
grande maison blanche. Une brigade d'artillerie y a son
état-major, et c'est le but de notre course.

Le colonel commandant la brigade nous accueille sur le
perron, et nous fait entrer dans la belle vieille demeure.
Elle est bouleversée par la guerre. Dans le vestibule, tout
un lot de civières, tachées de sang, sont appuyées contre le
mur. A une table siège un télégraphiste, et des estafettes
cosaques, l'uniforme souillé de fange et de boue, sont assis
dans le fond, attendant des ordres. On a enlevé les tapis, et
une couche de boue couvre les parquets de chêne. Une
femme âgée, aux traits très doux et la croix rouge sur la
poitrine, nous reçoit à l'intérieur. C'était, je pense, avant la
guerre, la châtelaine du lieu.

Après un très court arrêt, — le temps de prendre en passant le colonel d'artillerie et quelques-uns de ses officiers, —
nous repartons à pied pour aller voir les batteries. Nous
traversons, derrière le château, une jolie terrasse, dominant
un lac artificiel, dont l'eau s'écoulant par-dessus un barrage,
formait un petit ruisseau qui s'en allait, bouillonnant sous
la glace, à travers un bouquet de sapins. Puis nous suivons
dans le parc un sentier sous bois, et soudain nous faisons
halte dans un endroit clair. Le lieu paraissait d'abord
désert, et c'était pourtant l'emplacement d'une batterie
d'artillerie lourde. Mais les pièces étaient si bien cachées
par des sapins épars un peu partout, qu'on ne les distinguait
qu'en tombant littéralement dessus. On avait ménagé devant
chacune d'elles un petit champ de tir, pour que les
projectiles pussent effleurer juste la cime des arbres, de
l'autre côté de la clairière; et les canons étaient en position,
un peu en arrière, dans le bois. C'étaient de grosses pièces

de 150^{mm}, portant à 8 verstes. A côté d'elles, les caissons, remplis d'obus et de gargousses, étaient également dissimulés, et les arbres qui les protégeaient ne laissaient aux servants que juste l'espace nécessaire. Derrière chaque canon, une sorte d'escalier, creusé dans le sol, conduisait par une suite de marches à une chambre souterraine.

Notre ami, le chef d'état-major, était tout heureux en nous contant les efforts des Allemands pour découvrir la batterie, efforts restés du reste totalement infructueux. Depuis près de quatre semaines, les canons étaient restés là, ne cessant guère d'envoyer leurs énormes projectiles dans les lignes ennemies. Maintes et maintes fois, les aéroplanes allemands, planant comme des faucons au-dessus de la forêt, s'étaient efforcés de découvrir le nid de guêpes, d'où leur venaient ces piqûres quotidiennes. Mais leurs efforts n'avaient pas eu grand résultat, car, en quatre semaines, la batterie n'avait eu que sept hommes touchés, alors que les obus allemands qui cherchaient à l'atteindre, venaient éclater à 1.000 mètres au moins, dans les bois d'alentour.

Nous reprenons encore notre route à travers bois. Le chef d'état-major, qui nous pilotait, semblait connaître aussi bien les lieux que le commandant de l'artillerie. Il quitte brusquement le sentier, et après quelques centaines de mètres au milieu du silence absolu de la forêt, nous arrivons sur une autre batterie semblable à la première, et pareillement dissimulée. Quatre grosses pièces étaient en ligne, juste assez inclinées pour effleurer, de leurs projectiles, le rideau des arbres, de l'autre côté de la clairière. Ces canons lourds, et leur emploi, sont l'une des choses les plus extraordinaires de la guerre moderne. Ils restent ici à demeure, à des milles et des milles de l'ennemi et de leur objectif. Lorsqu'ils ne sont pas en action, tout est, dans ce sous-bois, aussi calme et paisible que dans une solitude inexplorée, et, suivant toute vraisemblance, l'ennemi ne les découvrira jamais. Mais que, par un malheureux hasard, un éclaireur habile, à la vue trop perçante, vienne à repérer une seule fois les monstres cachés, quelques minutes à peine feront de ce coin de forêt tranquille un véritable enfer. Les obus pleuvront de toutes parts, les éclats d'acier saccageront tout à la ronde, les canons seront renversés, et ceux qui les servent avec tant de patience réduits à l'état d'atomes. Mais, tant qu'ils restent invisibles, les artilleurs vaquent tranquillement à leur tâche accoutumée.

Sans rien voir d'autre que le haut des arbres qui bordent la clairière en face, ils font glisser dans l'âme de leurs pièces les énormes obus, et les envoient, monstres rugissants, à des milles et des milles. Quelques minutes après, retentit la sonnerie d'un téléphone, et le poste d'observation, à 2 kilomètres plus loin, signale au chef de la batterie le point de chute de ses projectiles. On augmente un peu l'angle de la pièce, et un nouvel obus énorme s'envole en tournoyant, frôle la cime des pins et s'en va, lui aussi, éclater au loin sur les positions allemandes. On finit par trouver la portée exacte, et les artilleurs sont avertis qu'ils font d'excellente besogne. Rien au monde n'est plus impersonnel que le service de ces pièces lourdes. Si leur position n'est pas tournée, si les pièces ne sont pas enveloppées et prises un jour de défaite, la moitié de ces canonniers ne verra pas un ennemi jusqu'à la fin de la guerre.

Nous continuons ensuite jusqu'aux pièces légères de campagne. Elles sont tapies dans des sortes de niches, et leur légèreté à côté des obusiers massifs de tout à l'heure nous fait souvenir du lévrier et du bouledogue. Toutes sont également en position de tir indirect, et, de la place où elles se trouvent, leur objectif est invisible. Sans le message téléphonique du poste avancé d'observation, leurs servants seraient bien en peine de dire si leur obus a porté juste, ou s'il est tombé trop court ou trop long de 1 kilomètre. Quittant la batterie, nous gravissons, toujours sous le couvert, une légère élévation. Le bois cesse sur la crête même, et le pays s'étend, découvert et vallonné. De nombreux abris sont creusés dans l'intérieur du bois, et, juste sur la lisière, deux trépieds dressés dans la brousse, supportent deux périscopes. Leurs lentilles puissantes nous montrent tout proche la ligne allemande, à plusieurs milles de distance.

Entre les périscopes se trouve un poste souterrain, où convergent les téléphones de campagne. C'est d'ici, de cette place quelconque sur la bordure de la forêt, de ce lieu que rien ne désigne et qu'on ne pourrait distinguer à 100 yards, qu'est dirigé le feu de toute l'artillerie du voisinage.

Notre chef d'état-major était heureux comme un enfant de nous montrer le moindre détail de ses positions. Il nous indiqua sur une carte l'emplacement de tous les canons, vus par nous dans la matinée, par rapport à ce poste central. « Je vais faire tirer une batterie, nous dit-il en passant, et vous allez voir l'effet de notre gros canon à 6.500 yards. Nous allons pointer sur l'artillerie allemande. Vous pouvez voir dans le périscope l'endroit où elle se trouve. » Un sous-officier complaisant règle le périscope, et nous fixe, par le croisement des fils sur l'horizon, le point exact que l'on va viser. Quand tout est prêt, le chef d'état-major donne tranquillement quelques ordres au téléphone. Une seconde après, de 1 mille en arrière, nous vient un fracas terrible, et c'est, passant sur nos têtes, le gémissement mélancolique d'un gros obus, qui s'en va s'affaiblissant, comme il approche du but. Puis, de la ligne allemande, monte un grand jet noir de terre, et le bruit sourd de l'explosion nous revient par-dessus la vallée. Une seconde détonation en arrière, un nouvel obus qui passe en sifflant, et le miroir nous montre encore là-bas un nuage de terre et de débris. Puis le tonnerre de l'artillerie retentit à notre droite, un peu en retrait. La première batterie que nous avons vue tout à l'heure vient d'entrer en action.

Les quelques projectiles allemands, qui répondirent, ne

tombèrent pas à moins de 1 mille. La lutte d'artillerie dura peut-être une demi-heure ; et, peu à peu, le feu diminua des deux côtés et finit par cesser tout à fait. Cette activité passagère revient chaque jour, à quelques heures de distance et comme par accès, tout le long de la ligne des tranchées.

Après avoir visité d'autres positions et de nouvelles batteries, nous sommes revenus dans l'après-midi à la villa, et il s'est produit là un incident vraiment émouvant.

Au milieu de la grande avenue, un régiment russe nous attendait, formé de chaque côté sur deux rangs de profondeur et sur 1 mille de long. Le général Williams et le colonel de La Guiche passèrent en revue les troupes, qui leur rendaient ainsi les honneurs. A 100 mètres derrière, venait le petit Japonais, le général Oba. Tiré à quatre épingles dans son uniforme rutilant, une aigrette d'or à son shako, des éperons d'or à ses bottes, c'était bien l'officier le plus chic que l'on pût rencontrer. Comme il passait devant les troupes, saluant à droite et à gauche, les grands moujiks russes poussaient de leurs voix profondes de bruyantes acclamations.

En contemplant cette scène, le passé me revenait en mémoire. Il y a dix ans, j'étais avec le général Oba, alors simple colonel, à l'état-major de Nogi, devant les collines sanglantes de Port-Arthur. Nous regardions les grosses pièces japonaises envoyer sur les positions russes leurs énormes obus, et nous félicitions nos amis les Nippons après un coup heureux. Le contraste de l'heure actuelle était vraiment tragique, et il n'échappait pas non plus au petit Japonais, à l'intelligence éminemment fine et subtile.

Quelques minutes après, assis à la table de la grande salle à manger, nous lunchions avec l'état-major. « Si l'on nous avait dit à Port-Arthur, dis-je à mi-voix au général Oba, que dix ans plus tard, en Pologne, les soldats russes vous acclameraient chaudement comme un allié, qui eût pu croire à pareille prophétie ? »

Les yeux vifs du général brillèrent, et, retenant un instant son souffle, comme le font les Japonais pour exprimer leur joie : « Oui, répliqua-t-il ; qui, en vérité ? » — Au même instant une détonation, dans l'angle du jardin, fit résonner les vitres. La batterie d'obusiers, une fois de plus, entrait en action.

CHAPITRE XXII

LE FRONT NORD DE LA BZURA

———

Varsovie (Pologne), 15 janvier 1915.

Cette guerre est avant tout une guerre d'automobile, et l'on a de la peine à s'imaginer ce que pourraient bien faire ici, sur ce front immense, l'État-major, la Croix-Rouge et les journalistes, sans ce précieux moyen de transport. En prenant Varsovie pour base, on peut se rendre en quelques heures sur presque toutes les positions, dans l'un des grands cars rapides de tourisme, qu'emploie aujourd'hui l'armée.

Nous avons visité, ces deux derniers jours, les lignes et les batteries au sud du chemin de fer Skierniewice—Varsovie. Hier, nous avons poussé au nord de cette ligne, dans la contrée comprise entre la Vistule et la voie ferrée Varsovie—Lowicz. L'habitude rend à la longue banales les choses les plus extraordinaires. Je me rends compte pourtant, lorsque j'y réfléchis, que le spectacle offert par ces routes de Pologne serait vraiment étrange, si l'on n'y était pas accoutumé.

Cette grand'route est un véritable musée, où apparaissent toutes les races de l'Empire russe. Je n'avais jamais encore, je crois, commencé de comprendre le nombre énorme de peuples divers rassemblé sous l'égide de « Toutes les

Le drapeau dans les tranchées.

Russies ». Ici, vous les voyez tous. C'est d'abord, en automobiles, le courant ininterrompu des officiers et des infirmiers de la Croix-Rouge, le type que nous connaissons pour l'avoir rencontré à Petrograd, à Paris ou à Londres, et partout, à vrai dire, où l'on voit des Russes. Puis, viennent des milliers et des milliers de soldats, la plupart paysans de la Russie d'Europe. En ce moment, la route est encombrée de troupes sibériennes, aux visages impassibles sous leurs bonnets fourrés. Partout enfin circulent des partis de Cosaques de la Russie Sud-Orientale, du Caucase ou de Sibérie.

Nous venons d'en dépasser une troupe nombreuse, composée de natifs du Turkestan russe. Ils semblent former deux groupes distincts, d'aspect d'ailleurs plutôt rébarbatif. Personne du reste ici ne connaît leur idiome, et ils sont presque aussi étrangers aux Russes proprement dits qu'à nous-mêmes. Ces gentlemen sont désignés sous le nom de Cosaques, terme général qui comprend toutes les troupes montées de Russie.

Les premiers sont vêtus de peaux de mouton brutes, teintes d'une brillante couleur orange. Leur coiffure est un énorme bonnet de laine noire, où la tête est comme encastrée. Ils semblent tenir le milieu entre le Chinois et le Mongol, et leur teint rouge sombre, non plus que l'expression de leur physionomie, n'encourage pas particulièrement à la familiarité.

Ceux du second groupe viennent aussi de la même région lointaine. Leur uniforme est semblable, mais leurs peaux de mouton sont d'une nuance vieux bordeaux. Ils montent tous les plus charmants chevaux de pure race, aux longues jambes nerveuses, à la tête effilée et délicate. Quand ils ne sont pas en route, ces hommes semblent être toujours à soigner leurs montures. Je ne les ai jamais vus se mêler à aucune autre troupe.

Les convois comprennent, en nombre à peu près égal, la

voiture russe ordinaire et les chariots des paysans polonais ; ces derniers sont petits, mais paraissent bien faits pour les mauvaises routes de la contrée. Avec chaque mois de guerre, les poneys de Sibérie deviennent ici plus nombreux. Ces robustes petites bêtes font maintenant tout le service de l'artillerie et une bonne partie de celui des convois. Plus on les voit, et plus on les apprécie. Ils ne pèsent certainement pas en moyenne plus de 800 livres, et ne sont guère plus gros qu'un fort veau. Mais lorsque six de ces courageux petits poneys sont attelés à un canon ou un caisson de munitions, et tirent à plein collier, ils le dégagent du bourbier avec une maestria surprenante. Qu'il neige, pleuve ou vente, ils sont toujours heureux et contents. Ils dorment de tout cœur sous l'averse torrentielle ou par la tempête de neige, laissant tomber, dans une paix parfaite, leur lèvre inférieure. J'en ai vu debout et tranquilles sous une couche de 3 pouces de neige, aussi paisibles que le bétail qui paît au soleil d'été dans un herbage plantureux.

Sur ce front, comme sur les autres, l'usage quasi général des Russes est de garder leurs chevaux harnachés toute la nuit. L'attelage de tête est attaché à une corde tendue perpendiculairement ; chaque échelon qui suit a sa litière de paille, et les chevaux sont là comme à l'écurie, tout en demeurant attelés à leurs caissons. On voit souvent des groupes de quinze ou vingt de ces attelages, heureux et contents, à la même place, pendant des jours entiers. Qu'il arrive du front à l'improviste une demande pressante de munitions, rien ne reste à faire, et tout est prêt d'avance. Les conducteurs sautent en selle, détachent la paire de tête, et tout le *team* galope, la minute d'après, sur la route ou à travers champs. Les premiers caissons de munitions (exception faite, bien entendu, des avant-trains qui font corps avec les pièces) se tiennent d'ordinaire à 2.000 mètres en arrière des canons. Ceux de réserve restent à 6 verstes en retrait, et les derniers échelons à 6 verstes encore. Il y a

donc, tout compté, moins de 15 verstes entre les batteries
et la fin de la colonne qui les alimente chaque jour.

Sur le front nord, notre ligne côtoie maintenant la Bzura,
et passe par la ville de Sochaczew. Les tranchées allemandes sont juste au delà de la rivière, et fusillade et
canonnade ne cessent guère entre patrouilles et tranchées
adverses. Sochaczew a été l'un des objectifs les plus
convoités par les Allemands, et ceux-ci ont tenté vingt fois
de s'en emparer. A plusieurs reprises, l'ennemi a réussi à
prendre pied sur la rive que nous occupons, mais toujours
pour se voir délogé et repoussé au delà du fleuve, au bout
de quelques heures. Des combats analogues se sont livrés,
trente-quatre jours de suite autour de Lowicz, à quelque
20 verstes au sud-ouest. Nous y sommes allés jeter un coup
d'œil, mais sans pouvoir approcher de la ville à moins de
2 ou 3 kilomètres, car les Allemands avaient choisi juste ce
moment pour la bombarder. Lowicz brûlait en trois ou
quatre endroits, mais les officiers d'artillerie russe avec
lesquels nous avons causé regardaient l'incident comme de
peu d'importance. Ils y étaient accoutumés, car chaque soir,
à la brune, les Allemands allumaient ainsi avec leurs obus
quelques incendies, pour distinguer, à la lueur des
flammes, ce qui se passait du côté de la ville.

Il ne s'écoule guère de jour où l'on n'ait l'occasion de
voir des prisonniers allemands, et ceux-ci nous donnent la
preuve indiscutable de l'épuisement et de l'affaiblissement
progressif des armées du Kaiser. J'en ai rencontré l'autre
jour une dizaine sur un trottoir de gare. Mes sympathies ne
vont pas aux Allemands, mais je ne pus m'empêcher de
sentir une certaine pitié à l'aspect misérable et tragique de
ces êtres en uniforme, attendant, debout et grelottant sous
la pluie froide, le train qui allait les emmener en Sibérie.
Presque tous étaient de petite taille et paraissaient affaiblis
et épuisés. Je sus par l'un d'eux qu'ils faisaient partie de
l'Ersatz-Reserve, et qu'ils étaient sous les drapeaux depuis

le mois d'août. Ils se ressentaient profondément d'une suite
de combats ininterrompus, et semblaient près de tomber
de fatigue. Mais, que l'on ait ou non de la sympathie pour
l'Allemagne, on doit le respect à ses soldats, car aucunes
troupes au monde n'ont un meilleur esprit. Au cours de
notre courte conversation, je demandai à l'un de ces êtres
lamentables si l'armée allemande se croyait encore une
chance de prendre Varsovie. A peine avais-je fermé la
bouche, que trois d'entre eux me répliquèrent à la fois.
« Certainement », fit le premier. « Sans aucun doute »,
appuya le second, et le troisième, faisant écho : « La chose ne
fait pas question. » Ils étaient pitoyablement maigres et
épuisés, mais n'en insistaient pas moins tous à l'envi sur
l'abondance de leur nourriture, bien supérieure à leurs
besoins, sur les effectifs absolument complets de chaque
compagnie, et en un mot sur la satisfaction parfaite que
leur donnait de tout point l'état des choses. Plus on voit
d'Allemands, et ceux dont je viens de parler étaient de
catégorie bien inférieure, et plus on se rend compte que
les Alliés ont une longue, longue route à parcourir, avant de
briser ces gens déterminés. Il faudra les battre à fond,
et celui qui met en doute cette vérité, fait montre assurément d'un optimisme extraordinaire.

Un de ces prisonniers, pris par moi à l'écart, finit par
s'ouvrir un peu ; et, comme je l'interrogeais doucement, en
sa langue, il m'avoua qu'en fait leurs troupes n'étaient
informées de rien. Même quand elles devaient attaquer, elles
n'en étaient averties que quelques minutes avant l'ordre de
sortir des tranchées. Il me confia aussi que les pertes des
Allemands sur le front russe, depuis le début de la dernière
invasion, avaient été vraiment terribles, — déclaration, soit
dit en passant, absolument contraire à la réponse qu'il venait
de faire à l'officier russe qui lui avait, l'instant d'avant,
posé la même question.

Un aspect de la guerre, qui me frappe beaucoup, c'est

l'immense perte d'hommes subie par l'Allemagne, perte qu'une génération sera impuissante à réparer. On trouve parmi les réservistes des gens de toutes conditions ; artisans, étudiants, ingénieurs, spécialistes même abondent, tous simples soldats. Chaque attaque, avec son effroyable consommation d'hommes, épuise davantage les meilleures ressources économiques et industrielles de l'Empire allemand, et chaque groupe de prisonniers comprend des individus appartenant à l'élite des classes moyennes, et qui exerçaient des occupations lucratives de tous les genres. J'ai vu, l'autre jour, dans l'un des hôpitaux de campagne, un jeune avocat, faisant partie de la réserve. Il était si grièvement blessé qu'on dut l'amputer du bras, à l'épaule.

Même si l'Allemagne pouvait conclure aujourd'hui une paix des plus avantageuses, elle n'en aurait pas moins, selon moi, paralysé sa vie nationale pour plusieurs générations. En effet, elle répand follement, et avec une insouciance incroyable de ses sacrifices, le plus pur de son sang et la fleur de son intelligence, — tout ce qui, en un mot, lui avait permis d'édifier les vastes entreprises industrielles et commerciales, qui en avaient fait la grande puissance mondiale d'aujourd'hui, — ou d'hier, avant l'embouteillage de sa puissante marine marchande par la flotte anglaise.

CHAPITRE XXIII

CONCLUSION

L'auteur ne s'est pas proposé, au cours de ces quelques notes, de donner au lecteur une vue générale ni un tableau d'ensemble de la campagne qui se poursuit en Russie. La chose serait d'ailleurs impossible, même si l'on s'en tenait aux lignes principales : nous n'avons encore, en effet, que des informations fort incomplètes, et la Censure est toujours des plus strictes. Aussi le seul but de cet ouvrage a-t-il été de rassembler un certain nombre de croquis pris sur le vif, et de petits détails caractéristiques, choisis dans le vaste ensemble de la guerre. Ces quelques bribes de la vie qu'on mène sur ce front d'Orient, ces aperçus des spectacles qu'on y contemple, peuvent avoir un certain intérêt et présenter un peu de nouveauté pour les lecteurs du vieux pays. De toutes les nations englobées dans la guerre européenne, la Russie est en effet probablement celle qui nous est la moins connue. Il n'est cependant pas non plus inutile de retracer très brièvement l'œuvre accomplie jusqu'à cette date par la Russie, et de montrer, autant qu'on puisse la démêler, la véritable situation sur ce front, au moment où ces notes se terminent.

La lutte sur le front occidental a été si gigantesque et si ininterrompue, qu'on ne se rend peut-être pas compte en Angleterre ni en Amérique des progrès faits par les Russes, depuis le début de la guerre, au commencement du mois d'août 1914. Il suffit de jeter un regard sur la carte, pour voir le saillant que forme la Pologne, hors du vaste ensemble de la Russie d'Europe. Ce n'est donc point là une zone stratégique, où l'on puisse entreprendre avec sécurité des opérations simples et peu complexes : bien au contraire. Des deux côtés, l'ennemi était là : les Allemands, au nord, en Prusse Orientale, et les Autrichiens au sud, en Galicie, où d'excellentes lignes stratégiques permirent au gros de leurs armées une concentration presque immédiate.

La Russie ouvrit la campagne simultanément au nord et au sud. Il était d'ailleurs impossible de tenter aucune avance quelconque, du front polonais sur Posen ou Berlin. Il fallait évidemment se débarrasser d'abord de l'une au moins des menaces, suspendues aux deux flancs de la Pologne. En Prusse Orientale, les Russes avaient en face d'eux un ennemi des plus redoutables, et les opérations présentaient de très grandes difficultés, ce pays de lacs et de marais s'opposant à la marche de l'artillerie et des convois. Aussi, la première offensive des Russes subit-elle un échec sanglant, et je ne crois pas qu'ils puissent reprendre cette route pour une marche sur Berlin. Sur tout son flanc gauche, en Galicie, la Russie eut à supporter l'attaque immédiate des armées austro-hongroises, et les Autrichiens se révélèrent très forts et parfaitement préparés. Cette campagne russe de Galicie a été pour moi, comme je l'ai écrit à l'époque et sur les lieux mêmes, l'opération la plus complètement heureuse de toute la guerre. Des armées puissantes, partant de trois ou quatre bases différentes, infligèrent en quelques mois défaite sur défaite aux Autrichiens. Puis, se réunissant au moment décisif, elles balayèrent tout le terrain jusqu'aux Carpathes, au sud, et jusqu'auprès de Cracovie, à l'ouest, triomphant ainsi d'un ennemi dont on se tromperait grandement en mésestimant la valeur, pour cette seule raison qu'il a été battu.

La première offensive allemande contre Varsovie se

termina, la chose est maintenant certaine, par un échec complet, et les progrès des Austro-Allemands vers l'est se trouvèrent par suite arrêtés net. Leur situation devint critique autour de Cracovie, et la chute prochaine de cette ville paraissait possible, entraînant, comme conséquence immédiate, l'invasion de la Silésie. L'Allemagne, se trouvant ainsi acculée, suivit son grand principe : la meilleure des défenses réside dans une vigoureuse offensive, et elle entreprit à la hâte une nouvelle démonstration en Pologne. Cette seconde invasion de la Pologne fut déclenchée si précipitamment que deux corps d'armée allemands se trouvèrent à un doigt d'être pris. Si les ordres supérieurs avaient été strictement exécutés à temps, les Russes auraient infligé à l'ennemi un grand désastre (¹). Du moins, à ne considérer que la suite des événements, le programme des Allemands se trouva bouleversé, et la marche rapide primitivement projetée rendue impossible. Il leur fallut, devant Lodz, des semaines de combat acharné pour contraindre les Russes à battre en retraite.

Une fois engagés dans cette nouvelle invasion de la Pologne, les Allemands y jetèrent corps d'armée sur corps d'armée, et pressèrent les Russes avec cette violence et cette véhémence qui sont les traits frappants de toute leur campagne. Les Russes reculèrent pas à pas sur une ligne qui partait de la Vistule, et passait par Lowicz, l'ouest de Skierniewice et Breziny, pour courir ensuite au sud. Les Allemands attaquèrent Lowicz pendant tout un mois, et

---

(1) Cet incident est resté et reste encore mystérieux. On n'en a guère connu, à l'époque, que la suite immédiate. Le général Rennenkampf, commandant d'une des armées russes, fut en effet relevé de son commandement. Mais la trahison, connue ces derniers temps, du colonel de gendarmerie Miassoïedoff, précédemment attaché au quartier général russe, et dont on a appris récemment le procès et l'exécution, peut avoir joué un rôle prépondérant dans cette affaire. On se demande en effet si Miassoïedoff ne conserva pas un certain temps par devers lui les ordres qu'il aurait dû transmettre immédiatement à Rennenkampf, sauvant ainsi les Allemands d'une véritable catastrophe.

les Russes finirent par évacuer la ville pour se retirer sur
une nouvelle ligne, — en partie préparée d'avance, — sur la
Bzura, et au sud de cette rivière. Toute marche en avant de
leur part sur Cracovie se trouva par contre-coup suspendue,
et les corps russes de Galicie rétrogradèrent, pour former
une ligne de front à peu près droite et directe, de la Vistule
aux Carpathes. La première intention des Russes était très
probablement de se retirer de suite sur les « Lignes de
Blonie », qui constituent une position défensive idéale, à
30 kilomètres ouest de Varsovie. Le commandement
regardait, je crois, au début, le front de la Bzura comme
une simple position d'arrêt, et il n'entendait pas y résister
jusqu'au bout. Mais une semaine se passa, et tous les efforts
de la stratégie allemande échouèrent contre cet obstacle.
Le froid survint, et la ligne russe se renforça d'autant, car
le soldat n'est jamais mieux stimulé que par une température
inclémente, à se creuser des abris profonds. Dès lors, les
Allemands s'affaiblirent avec chaque attaque, tandis que les
Russes recevaient chaque jour des renforts.

. . . .

. . . .

Au cours de cinq mois ou presque de vie commune avec
l'armée russe, nombreux sont les incidents divers survenus,
que l'on aimerait à raconter ; les descriptions seraient
faciles, et les commentaires non moins aisés. Mais il faut,
dans une guerre aussi gigantesque, s'abstenir de tout ce
qui n'est pas absolument le général et l'essentiel. Le temps
et la distance pourront seuls fournir la perspective nécessaire pour permettre et justifier la moindre conclusion tant
soit peu précise.

———————

NOTE DU TRADUCTEUR

A la fin de 1914, l'auteur admettait, avec beaucoup de
critiques militaires, que l'Allemagne et l'Autriche-Hongrie
avaient donné leur grand effort. Depuis, nous avons vu
qu'il n'en était rien. Nos ennemis, mettant à profit les dures
leçons que leur avaient infligées les Russes, ont, depuis
lors, concentré toutes leurs formations nouvelles sur le front
oriental, attaquant les premiers pour ne pas être attaqués.

A la fin de janvier 1915, agissant par surprise, ils avaient
réussi à expulser les Russes de la Prusse Orientale, mais
sans pouvoir pousser plus loin, et, peu après, les Russes
attaquaient eux-mêmes les cols des Carpathes et pénétraient
en Hongrie. Ce ne fut qu'à la fin d'avril que se déclencha
tout à coup la grande offensive austro-allemande. En Galicie
d'abord : grâce à une formidable préparation d'artillerie,
ils disloquent le front de la Dunajec et forcent les Russes à
se replier. Dès lors, c'est la retraite ; il faut peu à peu évacuer presque toute la Galicie conquise ; puis, une seconde
attaque se développant en même temps en Courlande, à
l'extrémité nord du front, abandonner la ligne de la Vistule ;
Varsovie doit être évacuée ; Kowno et Nowo-Georgiewsk
tombent, puis Grodno et Brest-Litowsk, et, au nord, les
Allemands sont aux portes de Riga.

Mais, tout en reculant et malgré le manque de munitions
d'artillerie qui s'est fait cruellement sentir et qui, sur nombre de points, a rendu la résistance impossible, l'armée du
Tsar a infligé aux Allemands des pertes énormes. Le souffle

va manquer à l'assaillant ; car, après avoir encore pris Vilna et tenté même une grande manœuvre enveloppante, qui échoue, les armées de Hindenburg, de Mackensen et du prince de Bavière doivent s'arrêter au seuil de l'immense Russie pour repousser du mieux qu'elles pourront les attaques toujours plus fortes des Russes ; ceux-ci ont maintenant reçu munitions et matériel, et les inépuisables ressources de l'Empire ont fourni les hommes nécessaires pour former de nouvelles armées.

Sans doute il serait enfantin de se dissimuler l'importance des succès allemands ; sans doute il faut, en beaux joueurs, rendre hommage à l'habileté de leurs généraux, à leur admirable préparation d'avant-guerre, à l'endurance de leurs troupes, et à la façon étonnante dont ils ont réussi à galvaniser l'Autriche-Hongrie.

Mais il ne faut pas oublier que le développement prodigieux de leur grande industrie leur permettait une dépense pour ainsi dire illimitée de munitions, et non moins admirable est l'armée russe qui, après quatre mois de repli continuel, et avec des ressources matérielles beaucoup moindres, a su soudain faire face à l'ennemi, passer à de vigoureuses contre-attaques et le contraindre, en maints endroits, à la retraite.

C'est là un gage assuré du succès final.

TABLE DES ILLUSTRATIONS

TABLE DES MATIÈRES

NANCY, IMPRIMERIE BERGER-LEVRAULT — MARS 1916

ACHEVÉ D'IMPRIMER APRÈS LE 5e BOMBARDEMENT DE LA VILLE

Pour lire avec fruit les volumes de la collection si passionnante

LES RÉCITS DES TÉMOINS

et, en général, pour suivre facilement les opérations des armées belligérantes, il convient de consulter les trois

ATLAS-INDEX

DE TOUS LES THÉATRES DE LA GUERRE

I. Le Front de Bataille en France et en Belgique. — 16 cartes d'ensemble au 600.000e, en quatre couleurs, et 24 cartes détaillées au 100.000e, donnant les principaux points stratégiques. Avec *Index alphabétique* de 8.352 noms. Grand in-8, reliure souple, tranches rouges . . . . **3 fr.**

II. Le Front Est. Prusse Orientale. Pologne. Galicie. Hongrie. — 33 cartes en couleurs. Avec *Index* de 6.024 noms, et une nouvelle carte de la *Russie Occidentale, jusqu'à Petrograd, Smolensk et Kiew,* au 1.650.000e, en couleurs, in-folio. . . . . **3 fr.**

III. Italie du Nord, Tyrol, Adriatique, Balkans, Turquie, Caucase. — 40 cartes en couleurs. Avec *Index* de 10.470 noms . . . . **3 fr.**

PUBLICATIONS DE LA
LIBRAIRIE MILITAIRE BERGER-LEVRAULT

LIBRAIRIE MILITAIRE BERGER-LEVRAULT

PARIS, 5-7, RUE DES BEAUX-ARTS — RUE DES GLACIS, 18, NANCY

LA GUERRE — LES RÉCITS DES TÉMOINS

L'Épopée Serbe. *L'Agonie d'un Peuple,* par Henry BARBY, correspondant du *Journal.* 1916. Volume in-12, avec 20 illustrations hors texte et 1 carte . . . . **3 fr. 50**

La Victoire de Lorraine. *Carnet d'un Officier de Dragons.* 1915. 16e édition. Volume in-8, avec 6 gravures et 1 carte hors texte, broché. . . . . **1 fr. 25**

Carnet de route d'un Officier d'Alpins. 1re série : *Août-septembre 1914.* 1915. 10e édition. Volume in-8, avec 6 gravures et 1 carte hors texte, broché . . . . . **1 fr. 50**

Feuilles de route d'un Ambulancier. *Alsace, Vosges, Marne, Aisne, Artois, Belgique,* par Charles LELEUX, avocat à la Cour d'appel de Paris. Complétées d'après le Carnet de route du Dr Henri LIÉGARD, chef de clinique aux Quinze-Vingts. Préface de René DOUMIC, de l'Académie Française. 1915. 6e édition. Volume in-8, avec 13 illustrations hors texte. **1 fr. 50**

Avec les Français en France et en Flandre (*Impressions vécues d'un aumônier attaché à une ambulance de campagne*), par OWEN SPENCER WATKINS, aumônier aux armées anglaises. Traduit de l'anglais par Henri et Jeanne DUPRÉ. 1915. 6e édition. Volume in-8, avec portrait et 7 planches hors texte . . . . **2 fr.**

Six Semaines à la Guerre (*Bruxelles-Namur-Maubeuge*), par la duchesse DE SUTHERLAND. 1915. 6e édit. Un vol. in-8, avec 9 planches hors texte, 2 fac-similés et 1 carte. **1 fr 50**

Charleroi. *Notes et impressions,* par FLEURY-LAMURE, correspondant de guerre français du *Times* en Belgique. Préface de Gérald CAMPBELL, correspondant spécial du *Times.* 1916. Volume in-8, avec portrait, 2 fac-similés hors texte et 5 cartes. . . . . **1 fr. 50**

Carnet de route d'un Soldat allemand. Avant-propos de M. Frank PUAUX. 1915. Volume in-12 . . . . **60 c.**

L'Allemagne et le Droit des gens, *d'après les sources allemandes et les archives du Gouvernement français,* par Jacques DE DAMPIERRE, archiviste-paléographe. 1915. Volume in-4, avec 103 gravures (vues, portraits, fac-similés de documents) et 13 cartes . . . **6 fr.**

Les Violations des lois de la guerre par l'Allemagne (Publication faite par les soins du ministère des Affaires étrangères). Tome I. 1915. Volume grand in-8 de 210 pages, avec de nombreuses photographies . . . . **1 fr.**

La Guerre à l'allemande, par Jeanne et Frédéric RÉGAMEY. 1915. Vol. in-12. **1 fr. 50**

Culture et Kultur, par Gaston GAILLARD. 2e édition. 1915. Volume in-8 . . . . **3 fr.**

Carnets de Route de Combattants allemands. Traduction intégrale, introduction et notes, par Jacques DE DAMPIERRE, archiviste-paléographe. — I. *Un Officier saxon — Un Sous-Officier posnanien — Un Réserviste saxon.* (Publication autorisée par le ministère de la Guerre.) 1916. Volume in-12, avec 16 illustrations et fac-similés d'écriture . . **3 fr. 50**

Une Visite à l'Armée anglaise, par Maurice BARRÈS, de l'Académie Française. 1915. Volume in-16 jésus. . . . . **1 fr. 25**

La France en Guerre, par Rudyard KIPLING. Traduit de l'anglais par Claude et Joël RITT. 1915. Volume in-16 jésus, avec 2 photographies. . . . . **1 fr. 25**

Parmi les Ruines. *De la Marne au Grand Couronné,* par Gomez CARRILLO. Traduit de l'espagnol par J.-N. CHAMPEAUX. 4e mille. 1915. Vol. in-12 de 387 pages, br. **3 fr. 50**

Jusqu'au Rhin. *Les Terres meurtries et les Terres promises,* par A. DE POUVOURVILLE. 1916. Volume in-12, avec 32 cartes . . . . **3 fr. 50**

La Guerre des Nations (*Août-décembre 1914*), par Angelo GATTI, capitaine d'état-major dans l'armée italienne, critique militaire du *Corriere della Sera.* Traduit de l'italien avec l'autorisation de l'auteur. 1915. Volume in-8. . . . . **3 fr. 50**

Les Parisiens pendant l'état de siège, par Raymond SÉRIS et Jean AUBRY. Préface de Maurice BARRÈS, de l'Académie Française. 1915. Beau volume in-8 écu, avec 43 illustrations, couverture artistique en couleurs, broché. . . . . **3 fr. 50**

La Vie de Guerre contée par les Soldats. 1914-1915. Lettres recueillies et publiées par Charles FOLEY. 1915. Volume in-12 . . . . **3 fr. 50**

NANCY, IMPRIMERIE BERGER-LEVRAULT

www.ingramcontent.com/pod-product-compliance
Lightning Source LLC
Chambersburg PA
CBHW070855030726
47504CB00005B/1339